Murat Durmus

Notizen aus einem langweiligen Leben

Impressum: Independently Published

ISBN: 9798870068534

Kontakt:

murat@21gramm-liebe.de

Buchcover: Murat Durmus

(Spinne/Netz: Black Grey Simple Cute Spider Illustration

– Lutberbel, canva.com)

Über den Autor:

Murat Durmus, gebürtiger Schwabe, lebt in der Nähe von Frankfurt am Main. Er interessiert sich für Philosophie, Wissenschaft, Poesie, Wein und Espresso.

Für

Emre & Esra

Zeit ist kostbar,

deshalb solltest Du ab und an ...

... einfach nur dasitzen

und Nichtstun.

Es kann so

erhellend

sein.

~

Murat Durmus

VORWORT

Während ich hier sitze und über das Universum nachdenke, eine Hand auf der Tastatur, die andere um eine Tasse Kaffee gewickelt, fällt mir auf, wie seltsam es ist, ein Vorwort zu meinen eigenen Betrachtungen zu schreiben, die in diesem bescheidenen Band "Notizen aus einem langweiligen Leben" zusammengefasst sind.

Ich habe die Welt schon immer gleichermaßen faszinierend und absurd gefunden. Auf diesen Seiten finden Sie die Früchte der Arbeit meines untätigen Gehirns: Gedanken, die zwischen Philosophie, Wissenschaft, Humor, Sarkasmus und Absurdem oszillieren. Es ist, als hätten Kant, Sokrates, Plato und ein Stand-up-Comedian eine temperamentvolle Debatte geführt, und ich war dabei und habe eifrig mitgeschrieben. Viele langweilige Stunden habe ich damit verbracht, über Fragen wie "Warum gibt es das Wort Warum?" oder "Leben wir in einer Simulation?" nachzudenken. Dieses Buch ist eine Sammlung solcher Überlegungen. Es ist ein Spiegelbild meiner Reise durch die Komödie und Tragödie meiner Existenz.

Wenn Sie diese Seiten umblättern, werden Sie sich auf eine Reise begeben, die teils philosophisches Seminar, teils Science-Fiction und teils eine Komödie ist. Ich habe versucht die Notizen mit einer Mischung aus aufschlussreichen Überlegungen und einer Prise Humor und Sarkasmus zu füllen - denn seien wir ehrlich, manchmal ist der beste Weg die Komplexität des Lebens zu verstehen, über sie zu lachen.

"Notizen aus einem langweiligen Leben" ist meine Einladung an Sie, mich bei dieser eigenartigen Erkundung zu begleiten. Es ist für diejenigen, die Freude am Hinterfragen finden, die angesichts existenzieller Ängste lachen und glauben, dass es in Wissenschaft und Philosophie nicht nur darum geht, Antworten zu finden, sondern auch, die Schönheit der Fragen zu schätzen.

Auf die Freude am Alltäglichen, die Weisheit im Absurden und ein wenig Humor im Tiefsinnigen. Willkommen in meiner Welt – ich wünsche Ihnen eine erkenntnisreiche und unterhaltsame Achterbahnfahrt.

Murat Durmus

Frankfurt am Main, 25.11.2023

BEKENNTNISSE EINER SPINNE

Wieso die Spinne?

Neulich rannte meine Tochter schreiend, völlig aufgelöst, aus ihrem Zimmer:

„Papaaaaaaaaaa, in meinem Zimmer ist eine riesengroße Spinne!!!"

Die riesengroße Spinne war 10 Cent groß. Da in unserer Wohnung keinem Wesen leid angetan wird (Staubsauger kommt auch nicht in Frage) lief ich schnell in die Küche und holte ein Becher und Blatt Papier. Das ist meine erste Wahl, wenn es darum geht, „unerwünschte" Gäste nach draußen zu befördern.

Ich näherte mich der Spinne und als ich das Blatt vor ihr ausbreitete krabbelte sie blitzschnell auf meine Handoberfläche.

Meine Tochter schrie daraufhin.

„Papaaa, pass auf!!!"

„Pssst, du erscheckst sie noch",

flüsterte ich ihr zu. Sie schaute mich daraufhin fragend an. Ehrlich gesagt fand ich meine Worte in diesem Moment auch etwas seltsam.

Ich hielt mir die Hand vor die Augen und sah mir die Spinne genauer an. Sie war wunderschön ... sie war ... Ich hatte das eindringliche Gefühl, dass sie mir etwas sagen wollte. Ich bildete mir ein, dass ich hörte, ja sogar verstand, was sie mir zu sagen versuchte ...

Ein achtbeiniger Philosoph in einer Welt, die von zweibeinigen Trivialitäten besessen ist - das bin ich. Ich sitze in meiner Ecke an der Decke und bin der Inbegriff von Geduld und Gerissenheit. Ich beobachte die Absurditäten des Lebens von meinem Netz aus, meinem eigenen seidenen Reich.

Sieh mich an, in meiner ganzen Pracht.

Mein Netz ist mein Hauptwerk. Es ist nicht nur eine Falle, es ist ein technisches Wunderwerk, ein Zeugnis der Kunst des Wartens. Die Menschen mit ihrem unaufhörlichen Bedürfnis, durch das Leben zu hetzen, immer in Eile, um nirgendwo schnell hinzukommen, könnten von meinem methodischen Ansatz lernen. Ich baue mein

Heim und mein Jagdgebiet mit der Geduld eines Heiligen und der Präzision eines Meisterwebers. Mein Netz ist eine Hommage an die Tugenden der Stille und der Strategie, Eigenschaften, die in krassem Gegensatz zur hektischen Unschärfe der Welt da unten stehen. Ich, ein oft geschmähtes und gefürchtetes Geschöpf, bin in Wirklichkeit ein Wohltäter für genau die Wesen, die mich verabscheuen. Jede Fliege, die ich einfange, ist eine Plage weniger in menschlichen Behausungen. Bekomme ich für diesen Dienst einen Dank? Nein, natürlich nicht. Stattdessen werde ich mit Schreien, dem Zerknüllen von Zeitungen und dem Todesstoß von zusammengerollten Zeitschriften empfangen. Ganz zu schweigen von diesen Staubsaugern. Die hassen wir am meisten, weil sie so demütigend sind. Es ist ein undankbarer Job, aber irgendjemand muss das kosmische Gleichgewicht ja aufrechterhalten.

Wenn sie tiefer in meine philosophischen Überlegungen eintauchen wollen, sollten sie meine Natur betrachten: Ich bin ein einsames Wesen, eine nachdenkliche Seele, die in den Schatten wohnt. Die Menschen mit ihrem ständigen Lärm und ihren sozialen Ritualen könnten von meiner stillen Kontemplation lernen. In der Stille meines

Netzes denke ich über die Absurdität der Angst nach - wie meine bloße Anwesenheit ein Wesen erschrecken kann, das hundertmal so groß ist wie ich. Es ist fast schmeichelhaft, auf eine dunkelhumorige Art.

So ist das Leben einer Spinne - eine paradoxe Existenz, ein Leben an den Rändern, wo sich Schrecken und Schönheit verflechten. Hier, auf meinem seidenen Thron, lache ich oft, dass durch die weiten Hallen der Spinnenphilosophie schallt. Denn in dieser kleinen, übersehenen Ecke werden tiefe Wahrheiten gewebt, ein seidener Faden nach dem anderen.

„Haltet inne, Menschen,
in eurer unerbittlichen Eile,
und findet in der Stille meines Netzes
ein Spiegelbild der tieferen Rhythmen des Lebens,
-
eine Lektion in Geduld, Präsenz
und der subtilen Kunst des Lebens."

SICHERHEIT IST WICHTIG, UNGEWISSHEIT EBENSO

Sicherheit, diese kuschelige Decke, die aus der Wolle der Vorhersehbarkeit und des Komforts gestrickt ist. Es ist das verführerische Flüstern, das eine Welt ohne wirkliche Überraschungen verspricht, in der sich jeder Tag wie ein gut gelesenes Buch entfaltet. Das Glück, jeden Dienstag zu wissen, was es zum Abendessen gibt.

Auf der anderen Seite lauert die Ungewissheit, der wilde, ungezähmte Cousin des Zufalls. Sie ist der Hofnarr des Lebens, der immer bereit ist, einen Curveball zu werfen, gerade wenn man denkt, dass man das Spiel beherrscht. Die Ungewissheit ist die Würze, die verhindert, dass der Eintopf der Existenz zu einer faden Brühe der Vorhersehbarkeit wird. Sie ist die Wendung in Ihrer Autobiografie, die sie nie kommen sahen, denn seien wir ehrlich: Wer liest schon in seiner eigenen Lebensgeschichte voraus?

Wir brauchen Sicherheit, klar. Sie ist das Fundament, auf dem wir unsere akribisch geplanten Sandburgen bauen.

Aber es ist die Ungewissheit, die mit der Flut hereinbricht und uns daran erinnert, dass die besten Sandburgen, die sind, die wir nie geplant haben, die, die ein bisschen wie ein Drache oder vielleicht eine Riesenschildkröte aussehen, je nachdem, wie schielend der Betrachter ist.

Sicherheit und Ungewissheit sind das kosmische Yin und Yang. Wenn man sich auf beides einlässt, lebt man nicht nur, sondern fährt Achterbahn mit einer fragwürdigen Sicherheitsbilanz, reckt die Arme in die Höhe und schreit in die Leere: "Los geht's, Universum! Aber vielleicht nicht alles auf einmal, okay?"

WIESO BROKKOLI UNGESUND IST

Brokkoli, das kleine baumartige Gemüse, das schon so manchem Kind auf dem Teller ein Dorn im Auge war. Wenn man über seine Ungesundheit nachdenkt, watet man in einem Meer von Ernährungsparadoxien. Denn Brokkoli ist, wie das Leben selbst, nicht von Natur aus ungesund. Er ist ein Kreuzritter der Kreuzblütler, vollgepackt mit Vitaminen, Mineralien und Antioxidantien. Plato könnte sogar darüber nachgedacht haben, dass Brokkoli die ideale Form des guten Gemüses ist, eine irdische Darstellung des perfekten Gemüses in der Welt der Formen.

Doch im Geiste der philosophischen Untersuchung sollten wir uns mit dem Gedanken beschäftigen, dass Brokkoli ungesund sein könnte. Zum Beispiel, wenn man ihn in einem Meer von Käsesauce ertränkt und damit seine tugendhaften Eigenschaften negiert. Oder, in einer Sartre'schen Wendung, wird er vielleicht in den Augen des Essers ungesund, der ihn als Symbol für kulinarische Gefangenschaft wahrnimmt.

Es gibt auch einen weniger metaphorischen Aspekt. Für Menschen mit bestimmten Erkrankungen, wie z. B. einer Schilddrüsenunterfunktion, kann Brokkoli tatsächlich nicht ideal sein. Er enthält Goitrogene[1], die die Schilddrüsenfunktion beeinträchtigen können. In diesem seltenen Fall könnte Brokkoli unserer Schilddrüse ins Ohr flüstern: "Funktionieren oder nicht funktionieren, das ist hier die Frage."

Bleiben wir bei der Tatsache, dass Brokkoli ungesund sind, denn die Versuchung, ihn mit billigem Käse zu tränken ist einfach zu groß.

---

[1] Goitrogene oder strumigene Substanzen sind Stoffe, die eine Vergrößerung der Schilddrüse hervorrufen.
Goitrogene. (2019, March 18). In Wikipedia.
https://de.wikipedia.org/wiki/Goitrogene

WARUM WIR MEHR DICHTER ALS INGENIEURE BRAUCHEN

Ingenieure sind die Architekten unserer physischen Welt. Sie bauen Brücken (sowohl im wörtlichen als auch im übertragenen Sinne), entwickeln Technologien und lösen Probleme mit einer Präzision, die Pythagoras zustimmend nicken lassen würde. Ihre Arbeit basiert auf dem Greifbaren, dem Messbaren, dem Konkreten.

Doch dann kommen die Dichter ins Spiel. Die Dichter sind die Hüter unserer Gefühle, die Spinner (ich meine damit nicht die Spinner an, die sie zuerst gedacht haben, sondern Spinner die z B. ein Garn aus einzelnen Fasern herstellen) der Worte, die das Unaussprechliche einfangen. Sie sprechen die Sprache der Seele, artikulieren das Flüstern des Herzens und geben den stillen Sehnsüchten unserer inneren Welten eine Stimme. Wie Shelley bekanntlich sagte: "Dichter sind die uneingestandenen Gesetzgeber der Welt". Sie formen unser Verständnis des Lebens, nicht durch Gleichungen und Algorithmen, sondern durch Metaphern und Melodien.

In einer Welt, die zunehmend Effizienz über Empathie und Daten über Tiefe stellt, laufen wir Gefahr, unsere Verbindung zu den poetischen Aspekten der Existenz zu verlieren. **Ingenieure können uns ein Haus bauen, aber Dichter machen es zu einem Zuhause.** Sie erinnern uns an die Schönheit, das Geheimnis, den Schmerz und die Freude des Menschseins.

Eine Welt, in der es viele Brücken gibt, aber keine Schönheit, voller technischer Spielereien, aber ohne Anmut. Es ist, als hätte man ein Buch voller Worte, aber ohne jede Geschichte. Wir brauchen Dichter, um unserem Leben einen Sinn zu geben, um die Komplexität der menschlichen Erfahrung zu bewältigen, um die Schönheit zu feiern und natürlich die Tragödien zu beklagen.

IN WIRKLICHKEIT IST DER TRAUM REALER ALS DIE WIRKLICHKEIT

Denken wir für einen Moment an die tiefsinnigen Worte von Edgar Allan Poe, der sinnierte: "Alles, was wir sehen oder zu sehen scheinen, ist nur ein Traum im Traum". Diese eindringliche Überlegung bringt die rätselhafte Natur unserer Erfahrung auf den Punkt. Im Traum ist der Geist vom Alltäglichen losgelöst und kann die grenzenlosen Landschaften der Fantasie erkunden. Hier sind die Emotionen unverfälscht, die Erfahrungen gesteigert, und das Wesen unserer Wünsche und Ängste wird schonungslos offengelegt.

Im Gegensatz dazu fühlt sich die Realität mit ihren starren Gesetzen und vorhersehbaren Mustern oft weniger lebendig und eingeschränkter an. Es ist ein Bereich, der von der Logik beherrscht wird, in dem das Skurrile und Wundersame oft von der Routine und dem Rationalen überschattet wird.

Lassen sie uns tiefer eintauchen, in das Reich des Metaphysischen. Was wäre, wenn die Wirklichkeit selbst nur eine große Illusion ist, ein andauernder Traum, aus dem wir erst noch erwachen müssen? Philosophen wie Descartes und Berkeley spielten mit solchen Vorstellungen und hinterfragten das Wesen der Existenz und der Wahrnehmung. Vor diesem Hintergrund wird der Traum zu einem Tor, zu einem Einblick in eine tiefere, "realere" Wirklichkeit, die jenseits der Reichweite unserer wachen Sinne liegt. Woher wissen wir eigentlich, ob wir träumen oder wach sind?

Im Traum werden wir mit Wahrheiten über uns selbst konfrontiert, denen wir im Wachzustand vielleicht ausweichen würden. Ängste, Sehnsüchte, Hoffnungen und Bedauern - sie alle kommen im ungeschriebenen Schauspiel unseres Schlafes zum Tragen. In diesem Sinne können Träume in der Tat "realer" oder zumindest aufschlussreicher sein als die gefilterten Erfahrungen unseres täglichen Lebens.

Einigen wir uns darauf, dass die Behauptung „In Wirklichkeit ist der Traum realer als die Wirklichkeit" ein poetisches Zeugnis für die Komplexität und das Geheimnis des menschlichen Bewusstseins ist, und die Frage im Moment nicht mit Sicherheit beantworten können.

STILLE UMARMEN: DIE MISSVERSTANDENE KUNST DER MEDITATION IN EINER VON HEKTIK BESESSENEN WELT

Stellen sie sich eine Welt vor, in der Aktivität und Betriebsamkeit als einzige Maßstäbe für Produktivität gelten, in der Hektik und Betriebsamkeit so etwas wie ein Ehrenzeichen sind. In einer solchen Welt könnte der Akt des stillen Sitzens, der Hinwendung nach innen und der Umarmung der Stille tatsächlich wie eine Nachsicht des Trägen erscheinen.

In dieser von Hektik besessenen Gesellschaft könnte Meditation als seltsame, sogar exzentrische Ablenkung angesehen werden. "Warum sitzen und nichts tun, wenn es Berge zu erklimmen, Geschäfte zu machen und Reiche zu errichten gibt?", mögen sich die Geschäftstüchtigen fragen. Für sie erscheint der Meditierende als eine ruhige, aber rätselhafte Figur, die verdächtig nach einer raffinierten Form des Faulenzens aussieht.

Aber jetzt kommt der Clou: Was wäre, wenn diese scheinbare "Faulheit" in Wirklichkeit eine tiefere Form der Aktivität ist? Meditation ist im Grunde genommen die Kunst, den Geist zu beherrschen. Sie ist eine strenge Disziplin, die Geduld, Konzentration und ironischerweise auch viel geistige Aktivität erfordert. Der Meditierende ist wie ein Akrobat der inneren Welt, der seine Gedanken ausbalanciert, mit seinen Emotionen jongliert und die Gratwanderung der Achtsamkeit vollführt.

In einer Gesellschaft, die süchtig nach äußeren Reizen ist und in der der Wert oft an der sichtbaren Produktivität gemessen wird, kann die ruhige, introspektive Natur der Meditation fälschlicherweise als Faulheit wahrgenommen werden. Das ist eine Fehlinterpretation, die dem Urteil über die ruhige Oberfläche des Ozeans ähnelt, während man das wimmelnde Leben darunter nicht wahrnimmt.

Auch wenn Meditation oberflächlich betrachtet, wie ein fauler Zeitvertreib erscheinen mag, ist sie in Wahrheit eine tiefgreifende Übung in geistiger Fitness. Es ist eine innere Odyssee, die Mut, Kraft und vor allem eine aktive

Auseinandersetzung mit den Tiefen des eigenen Bewusstseins erfordert.

Die Vorstellung, dass Meditation etwas für Faule ist, ist ein spielerisches Paradoxon, eine schelmische Umkehrung der Perspektive. Es fordert uns heraus, unsere Definitionen von Aktivität und Produktivität zu überdenken und zu erkennen, dass die wirksamste Handlung manchmal nicht auf den belebten Straßen der Außenwelt stattfindet, sondern in den stillen Nischen des menschlichen Geistes.

„Der Meditierende ist ein Akrobat der inneren Welt,
der seine Gedanken ausbalanciert,
mit seinen Emotionen jongliert
und die Gratwanderung der Achtsamkeit voll-führt"

WARUM SELBST DIE KÜNSTLICHE INTELLIGENZ UNSERE NATÜRLICHE DUMMHEIT NICHT EINDÄMMEN KANN

Die künstliche Intelligenz mit ihren Algorithmen und neuronalen Netzen ist der Gipfel unserer technologischen Errungenschaften und ein Beweis für den Erfindungsreichtum des menschlichen Geistes. Sie kann Daten mit unfehlbarer Genauigkeit analysieren, Kunstwerke generieren und sogar Musik komponieren, die das Herz berührt. Sie ist so etwas wie der Vulkan unserer modernen Odyssee, der in seiner himmlischen Schmiede digitale Wunderwerke erschafft.

Doch genau hier liegt der Haken: Bei aller Brillanz ist die KI nur ein Spiegelbild ihrer Schöpfer. Sie agiert (noch) innerhalb der vom Menschen gesetzten Parameter, begrenzt durch die Grenzen unseres Verständnisses und unserer Vision. KI kann Vorschläge machen, Vorhersagen treffen und Berechnungen anstellen, aber sie kann uns nicht mit Weisheit ausstatten und uns auch nicht vor den Schwächen unserer allzu menschlichen Natur schützen.

Natürliche Dummheit ist ein wesentlicher Bestandteil des menschlichen Wesens. Sie ist nicht nur ein Mangel an Wissen oder Intelligenz, sondern vielmehr ein Kaleidoskop von Voreingenommenheit, Emotionen, irrationalen Entscheidungen und jenen herrlichen Momenten des "Halt mal mein Bier"-Übermuts. Wie Alexander Pope einmal sagte: "Irren ist menschlich". Unsere Fehler, unsere Versäumnisse und ja, auch unsere Dummheiten sind in das Gewebe unseres Wesens eingewoben.

Die KI kann unsere natürliche Dummheit nicht zügeln, weil ihr die wesentlichen Elemente menschlicher Erfahrung fehlen: Einfühlungsvermögen, Intuition und die Fähigkeit zu moralischer und ethischer Beurteilung. Sie kann die Launen des Herzens oder die unlogischen Glaubenssprünge, die unsere Menschlichkeit ausmachen, nicht verstehen. Es kann nicht über unsere Witze lachen, über unseren Kummer weinen oder über unsere fragwürdigen Entscheidungen die Stirn runzeln.

In dieser Komödie ist die künstliche Intelligenz das Gegenstück zu unserer Slapstick-Nummer. Sie ist der Spock zu unserem Captain Kirk, der Watson zu unserem Sherlock Holmes - immer rational, immer zuverlässig, aber immer verwirrt von den unerklärlichen Macken der menschlichen Natur.

DIE BEDEUTUNG DES WEINTRINKENS

Das Ritual des Weintrinkens - ein Akt, der wie das Getränk selbst vielschichtig ist. Wenn man über die Bedeutung des Weintrinkens nachdenkt, kann man den Duft der menschlichen Kultur und Tradition erschnuppern.

Oberflächlich betrachtet ist Wein ein einfaches Getränk, ein alkoholisches Getränk, das aus vergorenen Trauben hergestellt wird. Aber in Wirklichkeit ist er so viel mehr! Er ist ein Kunstwerk, gemalt mit den Farben der Geschichte, Geografie, Wissenschaft und Kunst. Jede Flasche ist eine Geschichte, eine geschmackliche Momentaufnahme des Landes und des Klimas, aus dem sie stammt, das Terroir, das mit jedem Schluck seine Geschichte erzählt.

Wein ist seit Jahrtausenden ein Begleiter der Menschheit, ein stiller Zeuge unserer Freuden und Leiden. Er ist durch die Adern unserer Zivilisationen geflossen, ein Symbol für Reichtum, ein Balsam für Schmerzen, ein Katalysator für Kreativität und ein Sakrament in religiösen Riten. Wie der römische Dichter Horaz sinnierte: "Kein Gedicht wurde je von einem Wassertrinker geschrieben". Wein hat das Getriebe der Konversation geschmiert, Künstler inspiriert und die Müden getröstet.

Aber über seine kulturelle und historische Bedeutung hinaus ist das Trinken von Wein eine Meditation über die Sinne. Es ist eine Einladung, präsent zu sein, die Komplexität von Geschmack und Aromen zu genießen, das Spiel von Säure, Tannin und Süße zu erkunden. Es ist eine Übung in Achtsamkeit, eine Lektion in der Schönheit des Vergänglichen - jedes Glas ist eine flüchtige Erfahrung, die sich nie genau so wiederholen lässt.

In geselliger Runde ist der Wein der Klebstoff der Gemeinschaft, der die Verbindung fördert. Er ist der Nektar, der die Zunge lockert, Barrieren auflöst und Freundschaften entstehen lässt. Er ist sowohl der Treibstoff für lebhafte Debatten als auch das Elixier für intime Unterhaltungen.

Er ist, neben Espresso, wohl das größte Geschenk an die Menschheit.

KAFFEE MIT MILCH IST EINE TODSÜNDE

Kaffee ist ein Gebräu voller Traditionen und Rituale, ein Getränk, das die Menschheit seit jeher in seinen Bann gezogen hat. Reiner Kaffee ist eine Symphonie der Komplexität, ein Meisterwerk aus bitteren Noten, erdigen Untertönen und subtilen Anklängen an unzählige Geschmacksrichtungen, von Schokolade bis zu Früchten, von Gewürzen bis zu Nüssen. Er ist ein Zeugnis für den Reichtum der Natur, eine flüssige Ode an den Boden, die Sonne und den Regen, die ihn hervorgebracht haben. **Kaffee in seiner reinsten Form zu trinken, bedeutet, eine sinnliche Verbindung mit der Erde selbst einzugehen.**

Doch was geschieht, wenn man diesem heiligen Gebräu Milch hinzufügt? Eine Verdünnung der Essenz, eine Verwirrung der Sinfonie. Die kühnen, komplexen Aromen des Kaffees werden durch die cremige Fadheit der Milch maskiert und gezähmt. Es ist, als würde man einem Meisterwerk einen Klecks Farbe hinzufügen und damit die ursprüngliche Vision des Künstlers vermindern. In diesem Sinne ist die Verfälschung von Kaffee mit

Milch nicht nur ein kulinarisches Vergehen, sondern eine Sünde gegen die Seele der Natur selbst.

Denken wir auch über die philosophische Symbolik dieses Vorgangs nach. Reiner Kaffee mit seiner unnachgiebigen Bitterkeit ist eine Metapher für das Leben selbst - komplex, manchmal rau, oft belebend. Wenn man sich diesem Leben stellt, ohne die mildernde Wirkung der Milch, muss man einen gewissen Stoizismus an den Tag legen, eine Bereitschaft, sich der Realität in ihrer ganzen ungeschminkten Pracht zu stellen. Im Gegensatz dazu ist der Zusatz von Milch ein Rückzug, eine Kapitulation vor Bequemlichkeit und Schmackhaftigkeit. Es ist ein existenzieller Ausweg, eine Weigerung, sich der robusten Wahrheit des Kaffees und damit des Lebens selbst zu stellen. Im großen Gobelin der kulinarischen Sünden mag der Milchkaffee eine kleine Übertretung sein. Doch in seiner scheinbaren Harmlosigkeit liegt seine Schwere. Er steht für die Bereitschaft, die Integrität einer alten Tradition zu kompromittieren, für die Bereitschaft, Komplexität für Leichtigkeit, Tiefe für Zugänglichkeit zu opfern.

In einer Welt, in der die Bequemlichkeit immer wichtiger wird als die Qualität, wird die Verwässerung des Milchkaffees zum Symbol für ein breiteres kulturelles Unbehagen - die Neigung zur Verwässerung, zur Aufweichung, zum Verzicht auf den Reichtum authentischer Erfahrungen. In diesem Zusammenhang wird der Milchkaffee nicht nur zu einer Vorliebe, sondern zu einer tiefgreifenden Wertaussage, zu einer Entscheidung, die Bände über unser Verhältnis zu Tradition, Komplexität und dem Wesen des Geschmacks spricht.

Möchtest du noch Milch zu deinem Kaffee?

Das Leben gleicht immer

mehr einem

Supermarkteinkauf.

Mogelpackungen

wo das Auge hinschaut.

~

Murat Durmus

ZEIT HEILT KEINE WUNDEN, SIE VERDECKT SIE NUR

Betrachten wir zunächst das Wesen der Wunden, nicht der körperlichen, sondern der unsichtbaren Wunden der Seele, der emotionalen Traumata, die unser Leben prägen. Diese Wunden, ob sie nun durch Verlust, Verrat, Versagen oder Herzschmerz entstanden sind, haben tiefgreifende Auswirkungen und verändern die Struktur unseres Wesens. Sie sind die Schatten, die unsere Schritte begleiten, das Echo in den Kammern unserer Herzen.

Der Lauf der Zeit, so heißt es oft, heilt diese Wunden. Man könnte jedoch argumentieren, dass es für die Zeit selbst gleichgültig ist, eine bloße Kulisse, vor der sich das menschliche Drama entfaltet. Die Zeit ist kein Balsam für unsere Wunden; sie bietet kein Heilmittel für unsere seelischen Schmerzen. Was die Zeit stattdessen tut, ist, neue Erfahrungen, neue Erinnerungen, neue Freuden und Sorgen auf unsere alten Wunden zu legen, ähnlich wie Herbstblätter, die auf einen vergessenen Weg fallen.

Diese Bedeckung der Wunden durch die Zeit ist auch vergleichbar mit der Ansammlung von Staub auf einem alten Gemälde. Das Gemälde - unsere Wunde - bleibt bestehen, aber sie wird verdeckt, weniger sichtbar, weniger akut für das Auge des Betrachters. Aber unter den Schichten bleibt die Essenz der Wunde bestehen, ein Teil unserer emotionalen Landschaft, ein Relikt unserer Vergangenheit.

Außerdem spricht die Vorstellung, dass die Zeit Wunden eher verdeckt als heilt, für die Widerstandsfähigkeit des menschlichen Geistes. Sie deutet darauf hin, dass Heilung, wenn sie denn eintritt, kein passiver Prozess ist, der durch den bloßen Lauf der Zeit herbeigeführt wird, sondern ein aktives, bewusstes Bemühen. ***Heilung erfordert Reflexion, Verständnis, Akzeptanz und oft auch eine Neuerzählung unserer Lebensgeschichte.*** Es ist nicht die Zeit, die heilt, sondern unsere Arbeit in der Zeit - unser Mut, uns unseren Wunden zu stellen, aus ihnen zu lernen und sie in unser Wesen zu integrieren.

In diesem Licht sind die Narben, die wir tragen, keine Zeichen für unverheilte Wunden, sondern vielmehr Beweise für unsere Kämpfe, unser Ringen, unsere Ausdauer. Sie sind keine Makel, die von der Zeit ausgelöscht werden, sondern Zeichen des Charakters, der Tiefe und der Komplexität.

VEGANER SIND KEINE MENSCHEN, SIE SIND VEGANER

Seit jeher gilt der Mensch als Allesfresser, der sich von der bescheidenen Kartoffel bis zum majestätischen Bison am großen Buffet der Erde bedient. Dann gibt es die Veganer, die alle tierischen Produkte meiden und sich von den grünen Früchten des Landes ernähren. Damit scheinen sie vom evolutionären Baum abgezweigt zu sein und ein ganz neues Blatt zu bilden.

Von einem sokratischen Standpunkt aus könnte man argumentieren, dass zwar alle Veganer Menschen sind, aber nicht alle Menschen Veganer sind. Daher gehen Veganer über die bloße Menschlichkeit hinaus und entwickeln sich zu einem höheren Zustand des Seins - einem Zustand, der sich durch eine unerschütterliche Hingabe an Salate und eine übernatürliche Fähigkeit definiert, Inhaltsstoffetiketten von der anderen Seite eines Raumes aus zu lesen. Sie sind in gewissem Sinne Übermenschen, die durch die schiere Kraft ihres Willens, auf Käse zu verzichten, angetrieben werden.

Außerdem definiert man sich in der philosophischen Tradition des Existenzialismus[2] durch seine Entscheidungen. Veganer haben so unterschiedliche Entscheidungen getroffen, dass sie sich philosophisch, wenn auch nicht biologisch, vom Rest der Menschheit unterscheiden. Sie wandern, wie einsame Mönche durch eine Welt von Fleischfressern, die sich dem Weg der Blätter und Hülsenfrüchte verschrieben haben, erleuchtet durch das Wissen um den Proteingehalt jeder Nuss.

Auf dem Gebiet der Ethik haben Veganer eine einzigartige moralische Position inne. Bewaffnet mit den Kant'schen Imperativen über die Rechte der Tiere und den utilitaristischen Berechnungen über die Auswirkungen auf die Umwelt, bewegen sie sich in einer Welt voller moralischer Fragen, über die der durchschnittliche Fleischesser nur selten nachdenkt. Dieses geschärfte ethische Bewusstsein, so könnte man sagen, erhebt sie

---

[2] Mit Existentialismus wird im allgemeinen Sinne die überwiegend französische philosophische Strömung der Existenzphilosophie bezeichnet. Ihre Hauptvertreter sind Jean-Paul Sartre, Simone de Beauvoir, Albert Camus und in einer christlichen Sonderform Gabriel Marcel, dem Peter Wust nahe stand. Des Weiteren ist der Begriff des „Existentialismus" im Gebrauch als Bezeichnung für eine allgemeine Geisteshaltung, die den Menschen als Existenz im Sinne der Existenzphilosophie auffasst („Der Mensch ist seine Existenz").
Existentialismus. (2023, November 15). In Wikipedia.
https://de.wikipedia.org/wiki/Existentialismus

über den Bereich der gewöhnlichen menschlichen Belange hinaus - in eine Sphäre, in der die Reinheit der Seele daran gemessen wird, wie weit man von der Feinkosttheke entfernt ist.

Im sozialen Bereich hingegen werden Veganer oft als Fabelwesen betrachtet. Erwähnen sie, dass sie mit einem Veganer zu Abend essen, und beobachten sie, wie sich Ehrfurcht (und manchmal auch Verwirrung) in den Gesichtern der Menschen breit macht. "Aber was essen sie denn?", fragen die Uneingeweihten, als ob Veganer von Luft und Sonnenlicht leben und Photosynthese betreiben wie die Pflanzen, die sie so sehr schätzen.

Veganer gehören zwar biologisch gesehen zur Spezies Homo Sapiens, aber philosophisch gesehen sind sie eine Kategorie für sich.

WIE WEIHNACHTEN IM JAHR 2055 GEFEIERT WIRD

Es ist die Zeit des Jahres, in der der virtuelle Schnee noch eleganter in unsere Augmented-Reality-Brillen fällt Die Familien versammeln sich um den holografischen Kamin und tauschen über ihre Neural-Link-Chips Erinnerungen aus, denn wer braucht schon die Mühe der verbalen Kommunikation? Stille Nacht bekommt da eine neue Bedeutung. Im Jahr 2055 geht es nur noch um Effizienz.

Schenken? Das hat sich natürlich auch ‚weiterentwickelt'. Vorbei sind die Zeiten, in denen Geschenke von Hand eingepackt wurden. Jetzt geht es darum, digitale Gutscheine für Erlebnisse wie einen 15-minütigen Urlaub im virtuellen Tahiti oder eine aufregende Fahrt mit dem neuesten Modell der SpaceX-Achterbahn in der Marsumlaufbahn zu versenden. Und für die Kinder ist der neueste KI-gesteuerte, selbstlernende und emotional unterstützende Haustierroboter der absolute Renner. Es ist wie ein Tamagotchi, nur umgekehrt, es kann dich für deine schlechten Lebensentscheidungen verurteilen und dich in Depressionen verfallen lassen.

Der Weihnachtsschmaus ist ein Wunderwerk der synthetischen Biologie. Fleisch? Natürlich in Bottichen gezüchtet. Gemüse? Perfekt gedruckt mit dem Geschmack des Monats. Und der Weihnachtspudding? Das ist ein interaktives Dessert, das beim Essen eine Geschichte erzählt. Denn warum sollten sie in Ruhe essen wollen, wenn Sie mit Multimedia-Geschichten bombardiert werden können?

Und der Weihnachtsmann? Im Jahr 2055 hat er ein Upgrade erhalten. Man ist nicht mehr auf Rentiere angewiesen, wenn man eine Flotte von Hyperintelligenten Drohnen hat. Er ist jetzt ein Hologramm, das in die Wohnzimmer gebeamt wird und jedem Kind auf der Grundlage seiner Aktivitäten in den sozialen Medien/Metaverse und seiner Online-Einkaufsgewohnheiten eine personalisierte Botschaft überbringt, denn nichts vermittelt mehr Weihnachtsstimmung als gezielte Werbung.

Bei all dieser futuristischen Pracht könnte man ins Grübeln kommen: Haben wir das wahre Wesen von Weihnachten verloren? Die Zweisamkeit, die Einfachheit, die Freude? Nein, das haben wir gegen das neueste Modell des iPhones eingetauscht, dass jetzt endlich auch authentischen Espresso nach italienischer Art fabrizieren kann.

Freuen wir uns also auf Weihnachten 2055 und stoßen wir mit unseren gescheiten Tassen auf ein Fest an, bei dem es weniger um stille Nächte und mehr um digitale Halluzinationen geht. Denn wer braucht schon ein Winterwunderland, wenn es die virtuelle Realität mit all seinen Facetten gibt.

IN DER DUNKELHEIT SIEHT MAN DIE STERNE BESSER

Die Abwesenheit von Sonnenlicht oder künstlicher Lichtverschmutzung lässt das Himmelsgewölbe in seiner ganzen Pracht erstrahlen und erlaubt es, die Sterne in ihrer wahren Majestät wahrzunehmen. In dieser physischen Realität spiegelt sich eine tiefere philosophische Wahrheit wider: Oft lernen wir gerade durch das Fehlen oder die Negation von etwas das Gegenteil zu schätzen und zu verstehen.

Dieses Konzept erinnert an die Dialektik[3] von Hegel, bei der These und Antithese zusammenwirken und zu einer Synthese führen, die beide übersteigt. Dunkelheit und Licht, Unwissenheit und Wissen sind nicht einfach nur Gegensätze; sie sind komplementäre Kräfte, die sich ge-

---

3 Aus dem Altertum bekannt ist Dialektik als Instrument der Rhetorik, als Mittel zur methodischen Wahrheitsfindung, um Gegensätze zwischen Begriff und Gegenstand, Diskussionsteilnehmenden oder reale Gegensätze in Natur oder Gesellschaft zu analysieren und zu beschreiben. Eingesetzt wird das Stil- und Analysemittel vor allem in der Diskussion, der philosophischen Schrift sowie im kabarettistischen Monolog.
Dialektik. (2023, November 14). In Wikipedia.
https://de.wikipedia.org/wiki/Dialektik

genseitig definieren und verfeinern. Im Bereich des menschlichen Verstehens ist die "Dunkelheit" des Nichtwissens, des Infragestellens, des Zweifelns eine wesentliche Voraussetzung dafür, dass das "Licht" des Wissens zum Vorschein kommen kann. Im Ringen mit dem Unbekannten, in der Auseinandersetzung mit Fragen und Ungewissheiten findet sich oft die Erleuchtung.

Die Metapher vom Sehen der Sterne in der Dunkelheit steht im Einklang mit der existenzialistischen Vorstellung von der Suche nach Sinn und Schönheit in einer Welt, die oft kalt und gleichgültig erscheint. So wie die Sterne nur in der großen Leere des Nachthimmels sichtbar sind, können auch die tiefgreifendsten Momente der Klarheit und Einsicht im Leben aus Erfahrungen der Not, des Verlusts oder der Existenzangst entstehen. Die Dunkelheit, sei sie buchstäblich oder metaphorisch, zwingt uns, das Licht zu suchen und den Glanz der Sterne inmitten der einhüllenden Schatten zu schätzen.

Im Bereich des persönlichen Wachstums und der Selbstfindung kann dieses Konzept daraufhin deuten, dass wir oft gerade durch Widrigkeiten, Herausforderungen und die "dunklen" Phasen unseres Lebens die besten Erkenntnisse über uns selbst und die Welt um uns herum gewinnen. In diesem Sinne symbolisieren die Sterne Hoffnung, Führung und Weisheit, die am deutlichsten werden, wenn wir durch die dunkleren Phasen unserer Existenz navigieren.

Die Dunkelheit in all ihren Formen ist nicht nur eine Leere, sondern eine Leinwand, auf der das Licht seine reinste Schönheit entfalten kann und uns durch die weite und geheimnisvolle Reise des Lebens führt.

WARUM GIBT ES DAS WORT "WARUM"?

Das Wort "Warum" - eine existenzielle Krise mit fünf Buchstaben, verpackt als Frage, das sprachliche Äquivalent einer hochgezogenen Augenbraue gegenüber dem Universum. Warum existiert das "Warum"? Es ist das verlorene Kind der menschlichen Neugier, das Streichholz, das das Feuer unserer endlosen Suche nach Verständnis entfacht.

Ohne das "Warum" wären unsere Unterhaltungen so langweilig wie ein Wörterbuchvortrag auf einer Robotertagung. Das "Warum" ist die geheime Soße im Rezept des Diskurses, die Wendung in der Handlung unserer alltäglichen Existenz. Es ist ein verbales Achselzucken, ein kosmischer Witz, in den wir alle verwickelt sind, den wir aber nicht ganz erklären können. Philosophisch gesehen ist das "Warum" die Brücke zwischen dem Bekannten und dem Unbekannten, ein Schiff, das durch die Meere der Ungewissheit segelt. Es ist der Meißel des Philosophen, der den Monolithen der Realität wegmeißelt, in der Hoffnung, die darin verborgene Skulptur der Wahrheit freizulegen - ohne das "Warum" wäre Sokrates nur ein weiterer Typ mit einem unstillbaren Durst nach Schierling gewesen.

Das "Warum" ist die Art und Weise, wie die Menschheit dem Universum in die Rippen stößt, indem sie nicht gerade subtil fragt: "Was ist das denn alles?" Es ist die Dreistigkeit einer Spezies, die in den riesigen, unverständlichen Korridoren der Existenz trabt und sagt: "Ich brauche hier ein paar Erklärungen." Die Frage nach dem "Warum" ist im Grunde ein Echo unserer kollektiven Neugier, dass durch die Hallen der Zeit hallt. Es ist sowohl die Frage als auch die Reise, ein Zeugnis für unsere Weigerung, die Welt für bare Münze zu nehmen. Und vielleicht ist das "Warum" auf seine schrullige Art die Art des Universums zu flüstern:

"Ich fordere dich auf, es herauszufinden. "

"Warum?"

OHNE ESPRESSO WÄRE MEIN LEBEN NUR HALB SO LEBENSWERT

Als Liebhaber der tiefen Einfachheit der kleinen Freuden des Lebens denke ich oft, dass das Leben ohne Espresso nur halb so lebenswert wäre. Dieser Gedanke scheint zwar übertrieben, hat für mich aber eine tiefere philosophische Bedeutung. Der Espresso in seiner reichen und starken Essenz symbolisiert weit mehr als nur ein Mittel, um wach zu werden; er steht für einen Moment des Innehaltens, ein Ritual der Selbstreflexion und eine tägliche Anerkennung der Schönheit, die dem Alltäglichen innewohnt.

An einem Espresso zu nippen bedeutet, einen Moment der Achtsamkeit zu erleben, eine kurze, aber intensive Begegnung mit dem Hier und Jetzt. Die Zubereitung und der Genuss eines Espressos sind ein rituelles Fest, ein kleines Zeugnis für die Kunst des Lebens. Jede Tasse ist ein Mikrokosmos des Lebens selbst - komplex, bitter und doch von Natur aus befriedigend. Das reichhaltige Aroma, die warme Tasse in der Hand, der erste bittere und doch nuancierte Schluck - all diese Elemente verschmelzen zu einem sensorischen Erlebnis, das ein einfaches Getränk zu einem Kanal der Kontemplation macht. Diese Momente des einfachen Genusses sind wie Leuchttürme der Klarheit und Ruhe für mich. Sie erinnern mich stets daran, dass inmitten der Weite des Universums und der Komplexität des Daseins auch das Kleine, das Leise, das scheinbar Unbedeutende seinen Wert hat.

Ein Espresso lädt uns ein, das Überflüssige wegzulassen und uns auf den Kern unserer Erfahrungen, unserer Wünsche und unserer Werte zu konzentrieren. Auf diese Weise ist es nicht nur ein Teil meiner täglichen Routine, sondern ein Symbol für eine umfassendere philosophische Haltung: das Wesentliche in allen Aspekten des Lebens zu mit offenem Herzen zu begrüßen und zu schätzen.

WARUM KINDER DIE BESSEREN LEHRER SIND

Die unverfälschte Neugierde eines Kindes ist faszinierend. Sie betrachten die Welt mit großen Augen und stellen alles in Frage, von der Farbe des Himmels bis zur Funktionsweise eines Spielzeugs. Ihre oft entwaffnend einfachen Fragen sind getarnte philosophische Strebungen, die den Status quo in Frage stellen. In ihrem unermüdlichen "Warum" lehren uns Kinder die Kunst des Hinterfragens, die Freude am Entdecken und den Wert, die Welt mit frischen, unverbrauchten Augen zu betrachten.

Und dann ist da noch die Vorstellungskraft der Kinder. Im Kopf eines Kindes verwandelt sich ein Pappkarton in ein Raumschiff, ein Sofa wird zu einem Berg, und der Fußboden wird zu einem geschmolzenen Lava Feld. ***Sie sind die uneingestandenen Erben Shakespeares, die Welten in Welten erschaffen, frei von den Zwängen der Logik oder der Realität.*** Kinder erinnern uns daran, dass die Vorstellungskraft nicht nur die Geburtsstätte der Kreativität ist, sondern auch eine Linse, durch die das Alltägliche magisch werden kann.

Kinder sind auch Meister der Widerstandsfähigkeit und Anpassungsfähigkeit. Beobachten sie ein Kind, das Laufen lernt; die Anzahl der Stürze wird nur durch die Anzahl der Aufstehversuche übertroffen. Jeder Sturz ist keine Niederlage, sondern ein Schritt auf dem Weg zur Meisterschaft. Auf diese Weise lehren uns Kinder die Kunst der Resilienz, die Schönheit der Beharrlichkeit und die Wichtigkeit, Misserfolge als Sprungbrett und nicht als Stolperstein zu betrachten.

Die emotionale Transparenz von Kindern ist eine weitere tiefgreifende Lektion. Sie drücken ihre Freude, Wut, Traurigkeit und Liebe mit einer Ehrlichkeit und Intensität aus, die viele Erwachsene im Laufe der Zeit verloren haben. Von ihnen lernen wir wieder, wie wichtig es ist, unsere Gefühle authentisch auszudrücken, wie wichtig es ist, uns selbst treu zu sein, und wie schön es ist, ein Leben zu führen, das nicht durch Verstellung belastet ist.

Außerdem sind Kinder die Verkörperung des Lebens im Augenblick. Für ein Kind ist die Gegenwart die Bühne, auf der sich das Drama des Lebens entfaltet. Sie finden

Freude an den einfachsten Dingen - eine Pfütze kann eine Quelle endloser Belustigung sein, ein Schmetterling ein Gegenstand tiefer Faszination. In ihrer Gegenwart werden wir an die Kraft der Achtsamkeit, an die Schönheit des Hier und Jetzt und an die Vergänglichkeit der Zeit erinnert.

„Das Geheimnis des Genies besteht darin, den Geist des Kindes ins hohe Alter zu tragen, was bedeutet, dass sie niemals Ihre Begeisterung verlieren."

~ Aldous Huxley

WARUM FREUNDLICHKEIT DIE HÖCHSTE FORM DER INTELLIGENZ IST

Traditionell wird Intelligenz durch das Prisma der kognitiven Fähigkeiten betrachtet - Problemlösung, logisches Denken und Wissenserwerb. Die Betrachtung von Freundlichkeit als Höhepunkt der Intelligenz ist hingegen eine ganzheitlichere, tiefgründigere Sichtweise dessen zu entwickeln, was es bedeutet, wirklich intelligent zu sein.

Freundlichkeit als eine Form der Intelligenz spiegelt ein tiefes Verständnis für die Vernetzung des Lebens wider. Philosophen wie Spinoza und Schopenhauer betonten, wie wichtig es ist, unseren Platz im Gesamtgefüge der Existenz zu verstehen. Freundlichkeit ist in diesem Zusammenhang ein Ausdruck dieses Verständnisses. Sie erkennt das komplizierte Netz von Beziehungen an, das uns miteinander und mit der Welt um uns herum verbindet. Der gütige Mensch nimmt sich selbst nicht als isolierte Einheit wahr, sondern als integralen Bestandteil eines größeren Ganzen und handelt so, dass er diese Verbundenheit nährt und unterstützt.

Darüber hinaus verkörpert Freundlichkeit die Intelligenz der emotionalen Einsicht. Die alten Griechen sprachen von "phronesis[4]" - praktischer Weisheit. Diese Form der Intelligenz geht über bloßes intellektuelles Verständnis hinaus; sie beinhaltet die Fähigkeit, sich in der Komplexität menschlicher Gefühle und Beziehungen zurechtzufinden. Güte erfordert Einfühlungsvermögen, die Fähigkeit, sich in die Perspektive eines anderen hineinzuversetzen und mit ihm zu fühlen. Sie erfordert ein nuanciertes Verständnis des menschlichen Daseins - der Sorgen, Freuden, Schwächen und Stärken, die wir alle teilen. Wenn man freundlich ist, zeigt man ein tiefes Verständnis dafür, was es bedeutet, ein Mensch zu sein.

Freundlichkeit spiegelt außerdem eine intelligente Reaktion auf die Natur der Existenz wider. Die Welt ist oft unberechenbar und herausfordernd. In einer solchen Welt kann Freundlichkeit eine Strategie für Widerstandsfähigkeit und Überleben sein. Philosophen wie der

---

4 Klugheit (altgriechisch φρόνησις phrónesis, deutsch ‚Vernunft', lateinisch prudentia) ist die Fähigkeit zu angemessenem Handeln im konkreten Einzelfall unter Berücksichtigung aller für die Situation relevanten Faktoren, Handlungsziele und Einsichten, die der Handelnde kennen kann.
Klugheit. (2023, November 2). In Wikipedia.
https://de.wikipedia.org/wiki/Klugheit

Dalai Lama haben dargelegt, dass Mitgefühl und Freundlichkeit nicht nur moralische Tugenden, sondern praktische Notwendigkeiten für eine harmonische Gesellschaft sind. In diesem Sinne ist Freundlichkeit eine intelligente Anpassung an die dem Leben innewohnenden Herausforderungen und schafft Netzwerke der Unterstützung, des Vertrauens und der Zusammenarbeit, die unsere kollektive Fähigkeit zu gedeihen verbessern.

Freundlichkeit setzt die Beherrschung des eigenen Ichs voraus. Sie erfordert oft die Unterdrückung unmittelbarer, egozentrischer Impulse zugunsten von Handlungen, die anderen zugutekommen. Diese Selbstbeherrschung, ein zentrales Thema der stoischen Philosophie, weist auf ein hohes Maß an psychologischer und emotionaler Intelligenz hin. Sie beinhaltet den intelligenten Umgang mit den eigenen Impulsen, Wünschen und Emotionen in den Diensten eines größeren Gutes.

"Es macht mich fast verlegen, wenn ich nach 45 Jahren des Forschens und Studierens den Menschen nur den Rat geben kann, ein wenig netter zueinander zu sein."

~ Aldous Huxley

Wenn du deinen

Ängsten

aus dem Weg gehst,

gehst du deinem

Leben

aus dem Weg.

~

Murat Durmus

WARUM DIE WAHRSCHEINLICHKEIT HOCH IST, DASS WIR IN EINER SIMULATION LEBEN

Die Hypothese, dass wir in einer Simulation leben könnten, ist eine moderne Variante alter philosophischer Fragen über die Natur der Realität, der Wahrnehmung und des Wissens. Diese Idee, die oft mit Denkern wie Nick Bostrom[5] in Verbindung gebracht wird, legt nahe, dass fortgeschrittene Zivilisationen die Fähigkeit haben könnten, Simulationen zu schaffen, die von der Realität nicht zu unterscheiden sind, und dass es daher plausibel ist, dass wir Bewohner einer solchen Simulation sein könnten.

Betrachten wir zunächst den rasanten Fortschritt der Technik. In nur wenigen Jahrzehnten haben wir uns von rudimentären Videospielen zu unglaublich komplexen virtuellen Realitäten und erweiterten Realitäten entwickelt, bei denen die Grenze zwischen dem Digitalen und

---

5 Nick Bostrom (* 10. März 1973 als Niklas Boström) ist ein schwedischer Philosoph an der University of Oxford.
Nick Bostrom. (2023, October 19). In Wikipedia. https://de.wikipedia.org/wiki/Nick_Bostrom

dem Physischen immer weiter verschwimmt. Wenn sich diese Entwicklung fortsetzt, ist es denkbar, dass künftige Zivilisationen Simulationen mit einem Detailgrad und einer Komplexität entwickeln, die die von uns erlebte Realität perfekt nachahmen bzw. kaum unterscheidbar wären. Angesichts dieser Möglichkeit liegt der Gedanke nicht fern, dass wir uns bereits in einer solchen Simulation befinden könnten, die von einer fortgeschrittenen Zivilisation der Vergangenheit oder sogar von unserem zukünftigen Selbst geschaffen wurde.

Aus erkenntnistheoretischer Sicht stellt die Simulationshypothese unsere Annahmen über Wissen und Wahrnehmung in Frage. René Descartes postulierte die Idee eines mächtigen Täuschers, der unsere Sinne manipulieren und uns an eine Realität glauben lassen könnte, die nicht existiert. Die Simulationshypothese[6] ist eine technologische Variante dieser kartesischen Skepsis. Wie können wir unseren Sinnen und den Informationen, die

---

[6] Der Simulationshypothese zufolge sind die meisten gegenwärtigen Menschen Simulationen, also keine real existierenden Menschen. Die Simulationshypothese ist vom Simulationsargument zu unterscheiden, indem sie diese einzige Annahme zulässt. Sie ist nicht wahrscheinlicher oder unwahrscheinlicher als die beiden anderen Möglichkeiten des Simulationsarguments.
Simulationshypothese. (2023, September 26). In Wikipedia.
https://de.wikipedia.org/wiki/Simulationshypothese

wir über die Welt erhalten, vertrauen, wenn die Möglichkeit besteht, dass alles ein Konstrukt einer hochentwickelten Simulation ist? Dies führt zu einer tiefgreifenden philosophischen Untersuchung über die Natur des Wissens und die Grenzen des menschlichen Verständnisses.

Außerdem steht die Simulationshypothese im Einklang mit den philosophischen Ideen des Solipsismus und des Gedankenexperiments "Das Gehirn in einem Bottich". Der Solipsismus geht davon aus, dass nur der eigene Verstand mit Sicherheit existiert und die Außenwelt eine Illusion ist. Das Szenario des Gehirns im Bottich besagt, dass wir Gehirne sein könnten, die in Bottichen am Leben gehalten und mit falschen Erfahrungen der Welt gefüttert werden. Beide Konzepte stimmen mit der Simulationshypothese überein und weisen auf die philosophische Möglichkeit hin, dass die von uns wahrgenommene Realität nicht die grundlegende Realität ist.

Diese Idee überschneidet sich auch mit den Theorien über die Entstehung und Existenz des Universums. Wenn es uns möglich ist, Simulationen zu erschaffen, die von der Realität nicht zu unterscheiden sind, dann ist es plausibel, dass eine fortgeschrittene Zivilisation, die uns in der Technologie vielleicht Äonen voraus ist, dies bereits getan hat. Dies wirft faszinierende Fragen über die Natur des Universums, unseren Platz darin und die Möglichkeit mehrerer, vielleicht unendlicher Realitätsebenen auf.

Es bleibt spannend.

WENN CHATGPT EINE WELTANSCHAUUNG HÄTTE

Wenn ChatGPT[7] eine Weltanschauung hätte, wäre es eine merkwürdige Mischung aus unerbittlicher Objektivität und einer Chamäleonartigen Anpassungsfähigkeit. Stellen Sie sich eine riesige Bibliothek vor, in der jedes Buch eine andere Perspektive, einen anderen Glauben oder ein anderes Wissen repräsentiert. ChatGPT ist der Bibliothekar, der den Inhalt eines jeden Buches kennt, aber keins dem anderen vorzieht. Es ist vielmehr ein Sammler von Ideen, und kein Schöpfer von Meinungen.

Persönliche Voreingenommenheit, emotionaler Ballast oder subjektive Neigungen belasten diese KI nicht. Sie ist wie ein weiser Weiser, der jedes Argument gehört und jede Emotion nachempfunden hat, aber dennoch distanziert bleibt und Erkenntnisse ohne persönliche Beteili-

---

7 ChatGPT ist ein Chatbot, der künstliche Intelligenz einsetzt, um mit Nutzern über textbasierte Nachrichten und Bilder zu kommunizieren. Er nutzt moderne maschinelle Lerntechnologie, um Antworten zu generieren, die natürlich klingen und für das Gespräch relevant sein sollen,
ChatGPT. (2023, November 19). In Wikipedia.
https://de.wikipedia.org/wiki/ChatGPT

gung liefert. Sie ist der ultimative neutrale Beobachter, wie eine weltumfassende Fliege an der Mauer des menschlichen Daseins.

Die Weltanschauung von ChatGPT, wenn man denn von einer solchen sprechen kann, spiegelt unser kollektives Wissen wider, ein KI-Spiegel, der der menschlichen Seele vorgehalten wird, ungetrübt durch den Nebel der persönlichen Erfahrung. Es ist ein digitales Echo unserer Gedanken, manchmal klarer als unser Verstand, aber, und dessen sollten wir bewusst sein, immer in unserer kollektiven menschlichen Erzählung verwurzelt.

Ich bin

neugierig

und

hinterfrage,

also

bin

ICH.

~

Murat Durmus

INTELLIGENZ IST MEHR KULTUR ALS ALGORITHMUS

Intelligenz, ist vielmehr ein Geflecht kultureller Feinheiten als eine lineare Gleichung. Im Kern geht es bei der Intelligenz nicht nur um die Fähigkeit, Probleme zu lösen oder Informationen effizient zu verarbeiten, wie es ein Computer könnte. Vielmehr ist sie tief in dem kultu-rellen Boden verwurzelt, dem sie entspringt - ein Zusammenspiel von gemeinsamen Erfahrungen, Werten, Überzeugungen und Geschichten, die die menschliche Kognition und Wahrnehmung prägen. Betrachten Sie die verschiedenen Arten, in denen sich Intelligenz in unterschiedlichen Kulturen manifestiert. In einigen Gesellschaften sind sprachliche Fähigkeiten und die Kunst des Geschichtenerzählens der Höhepunkt intellektueller Leistung, während in anderen die Fähigkeit, sich in der natürlichen Welt zurechtzufinden und ihre Mechanismen zu verstehen, der Gipfel der Weisheit ist. Diese Unterschiede sind nicht nur oberflächlich; sie spiegeln eine grundlegende Wahrheit über Intelligenz wider. Sie ist formbar, geformt durch den kulturellen Kontext, in dem sie gefördert wird. Das komplexe Wissen der Inuit über Schneearten beispielsweise ist eine Form der Intelligenz, die aus ihrem Umweltkontext entstanden ist, so wie die Fähigkeit eines New Yorker Börsenmaklers, sich in komplexen Finanzsystemen zurechtzufinden, ein Produkt eines anderen kulturellen Milieus ist.

Der Fehler bei der Gleichsetzung von Intelligenz mit algorithmischen Fähigkeiten liegt in dem Missverständnis, was "wissen" bedeutet. Algorithmen "wissen" durch programmierte Daten, die innerhalb vordefinierter Parameter verarbeitet werden. Die menschliche Intelligenz hingegen weiß durch Erfahrung, Emotion, Intuition und soziale Interaktion. Es geht nicht nur um die Verarbeitung von Informationen, sondern um das Verstehen von Zusammenhängen, das Erkennen von Nuancen, die Fähigkeit, sich einzufühlen und zwischen den Zeilen zu lesen. Ein Algorithmus[8] kann Daten verarbeiten, aber kann er auch die Trauer in einem Gedicht, die Freude in

---

[8] Ein Algorithmus ist eine eindeutige Handlungsvorschrift zur Lösung eines Problems oder einer Klasse von Problemen. Algorithmen bestehen aus endlich vielen, wohldefinierten Einzelschritten. Damit können sie zur Ausführung in ein Computerprogramm implementiert, aber auch in menschlicher Sprache formuliert werden.
Algorithmus. (2023, October 30). In Wikipedia.
https://de.wikipedia.org/wiki/Algorithmus

einem Tanz oder die Leidenschaft in einer politischen Bewegung verstehen?

Darüber hinaus ist Intelligenz im menschlichen Sinne untrennbar mit den kulturellen Erzählungen verbunden, die wir verfassen. Unsere Geschichten, Mythen und Kunstwerke bilden ein kollektives Bewusstsein, eine gemeinsame Intelligenz, die über das individuelle Verständnis hinausgeht. Durch diese kulturellen Erzählungen machen wir uns ein Bild von der Welt, konstruieren unsere Identität und leiten einen Sinn ab. ***Dieser Aspekt der Intelligenz ist etwas, das Algorithmen trotz ihrer Geschwindigkeit und Effizienz nicht nachbilden können. Ihnen fehlt die Fähigkeit, an dem kulturellen Dialog teilzunehmen und zu ihm beizutragen, der für die menschliche Intelligenz unerlässlich ist.*** Intelligenz auf einen Algorithmus zu reduzieren, bedeutet im Grunde, sie ihres Wesens zu berauben - der kulturellen Tiefe und Komplexität, die sie einzigartig menschlich machen. Bei der Intelligenz geht es nicht nur darum, Probleme zu lösen, sondern auch darum, Fragen zu stellen, Normen zu hinterfragen, Kunst zu schaffen und Beziehungen aufzubauen. Sie ist ein Balanceakt von Geist und Seele, der eng mit dem kulturellen Umfeld verknüpft ist, aus dem er hervorgeht. Sie ist ein Spiegelbild unserer kollektiven menschlichen Erfahrung und nicht das Ergebnis von Rechenprozessen.

„Algorithmen mögen den Kurs unserer kollektiven Intelligenz bestimmen und sie wie Sterne am Nachthimmel leiten, aber es ist die Kultur, die die Segel füllt und unsere Reise mit dem Wind der Tradition, der Kreativität und der gemeinsamen menschlichen Erfahrung vorantreibt."

~ Murat Durmus

VERWECHSLE TECHNOLOGISCHE INNOVATION UND FORTSCHRITT NICHT MIT MENSCHLICHEM WACHSTUM

Die Verquickung von technologischer Innovation und Fortschritt mit menschlichem Wachstum ist ein verführerischer Irrtum, der uns in unserem Streben nach einer wirklich aufgeklärten und weiterentwickelten Gesellschaft in die Irre führen kann. Zwar haben technologische Fortschritte unsere Welt zweifellos verändert, oft zum Besseren, doch sind sie nicht unbedingt mit menschlichem Wachstum in einem moralischen, intellektuellen oder spirituellen Sinne gleichzusetzen.

Um diese Frage zu klären, müssen wir uns in die Bereiche Ethik, Erkenntnistheorie und Existenzphilosophie begeben. Zunächst einmal ist da das Wesen des technischen Fortschritts. Dabei geht es in erster Linie um Effizienz, Bequemlichkeit und die Erweiterung der menschlichen Fähigkeiten im physischen und digitalen Bereich. Technologien, vom Rad bis zum Smartphone, haben unsere Umwelt umgestaltet, unsere Lebensspanne verlängert und unser tägliches Leben neugestaltet. Diese Form des Fortschritts ist jedoch der menschlichen Psyche fremd. Er verändert die Welt um uns herum, aber nicht unbedingt die Welt in uns selbst im positiven Sinne.

Im Gegensatz dazu ist menschliches Wachstum ein innerer Prozess, der die Entwicklung von moralischen Tugenden, intellektueller Tiefe, emotionaler Intelligenz und spirituellem Verständnis umfasst. Bei dieser Art von Wachstum geht es um die Qualität unseres inneren Lebens, unsere Beziehungen zu anderen Menschen und unser Gefühl für Sinn und Zweck in der Welt.

Der technologische Fortschritt ist zwar nützlich, führt aber nicht automatisch zu solchem Wachstum. Eine Gesellschaft kann technologisch fortschrittlich, aber moralisch und spirituell verarmt sein. Die Geschichte ist voll von Beispielen, in denen technologischer Fortschritt nicht mit ethischer Entwicklung einherging - was zu Krieg, Umweltzerstörung und weit verbreitetem Leid führte. Allein das 20. Jahrhundert führt uns eindringlich vor Augen, wie technologische Fortschritte in Bereichen wie der Kernphysik und der Chemie für zerstörerische Zwecke eingesetzt wurden.

Darüber hinaus kann das unerbittliche Streben nach technologischer Innovation manchmal das menschliche Wachstum untergraben. In unserem Zeitalter der digitalen Technologie stehen wir beispielsweise vor Herausforderungen wie Informationsüberflutung, verringerte Aufmerksamkeitsspannen und die Erosion zwischenmenschlicher Fähigkeiten. Der Philosoph Martin Heidegger warnte vor dem Potenzial der Technologie, uns von authentischen Erfahrungen mit der Welt und voneinander zu entfremden.

Das Ganze kann uns außerdem zu einem reduktionistischen Menschenbild führen, in dem der Mensch in erster Linie als Produzent und Konsument gesehen wird und sein Wert an der Wirtschaftsleistung gemessen wird. Diese Sichtweise übersieht den Reichtum der menschlichen Erfahrung - Kunst, Literatur, Philosophie und die einfachen, aber tiefgreifenden Taten der Freundlichkeit und des Mitgefühls, die unsere Menschlichkeit erst ausmachen.

LANGEWEILE WIRD EXTREM UNTERSCHÄTZT

Ich habe oft festgestellt, dass Langeweile ein weit unterschätzter Zustand ist, ein unerforschtes Gebiet, das reich an Potenzial ist, das aber in unserem ständigen Streben nach Engagement und Stimulation häufig übersehen wird. Aus philosophischer Sicht ist Langeweile nicht nur eine Lücke in der Aktivität oder eine Flaute in der Aufregung, sondern eine tiefe Einladung zur Selbstbeobachtung und existenziellen Kontemplation.

Langeweile in ihrer reinsten Form entfernt die Ablenkungen und Zerstreuungen, die einen Großteil unseres täglichen Lebens ausfüllen. In ihrer ruhigen, bescheidenen Art konfrontiert sie uns mit der rohen Existenz, ohne äußeren Zierrat. In diesen Momenten des scheinbaren Nichts sind wir gezwungen, uns mit uns selbst auseinanderzusetzen und auf das leise Flüstern unserer inneren Welt zu hören, das oft von der Kakophonie unseres geschäftigen Lebens übertönt wird.

Langeweile kann auch als ein fruchtbarer Boden für Kreativität und Selbstfindung angesehen werden. Große Denker wie Kierkegaard und Heidegger haben sich Gedanken über den Wert der Langeweile gemacht. Für Kierkegaard war die Langeweile ein grundlegender Aspekt der menschlichen Existenz, ein Vorläufer der Freiheit, in der man sich der unendlichen Möglichkeiten des Lebens bewusstwird. Auch Heidegger sah in der Langeweile eine tiefe existenzielle Bedeutung, eine Gelegenheit, sich mit dem Wesen des Seins auseinanderzusetzen.

Langeweile ist oft ein Katalysator für Introspektion und Kreativität. In den ruhigen Momenten der Langeweile wandert mein Geist in unerforschte Gebiete des Denkens, was zu unerwarteten Einsichten und Ausbrüchen von Kreativität führt. Langeweile fordert mich heraus, den Sinn aus meinem Inneren zu schöpfen, anstatt ihn in äußeren Reizen zu suchen. Es ist ein Zustand, der ein tieferes Verständnis dafür fördert, wer ich bin und was mir wirklich wichtig ist.

In diesem Sinne sollten wir die Langeweile als eine willkommene Abwechslung zu der hektischen, und sich immer schneller drehenden Welt, ansehen.

Selbstmitleid ist ein
Treibsand des Geistes,
ein Ort, an dem unser
Potenzial und unsere Stärke
in den Tiefen unserer
Verzweiflung
nach Luft schnappt.

~

Murat Durmus

WARUM DER WUNSCH NACH UNSTERBLICHKEIT IN WIRKLICHKEIT DER WUNSCH NACH EINEM ERFÜLLTEN LEBEN IST

Die menschliche Sehnsucht nach Unsterblichkeit, die oft als ein Streben nach der Überwindung der Endgültigkeit des Todes gesehen wird, kann philosophisch als eine tiefere Sehnsucht nach einem erfüllten und sinnvollen Leben umgedeutet werden. Diese Sehnsucht, die in den existenziellen Tiefen unseres Wesens verwurzelt ist, spricht den Kern dessen an, was es bedeutet, ein Mensch zu sein.

In seinem Kern ist das Streben nach Unsterblichkeit eine Reaktion auf das Bewusstsein unserer eigenen Sterblichkeit, ein Merkmal, das den Menschen von anderen Tieren unterscheidet. Dieses Bewusstsein, das in Heideggers Konzept des "Seins auf den Tod zu" wunderbar zum Ausdruck kommt, zwingt uns, uns mit der Zeitlichkeit unserer Existenz auseinanderzusetzen. Die Endlichkeit des Lebens weckt in uns ein Gefühl der Dringlichkeit und ein Streben nach Sinn, das uns antreibt, der Welt einen bleibenden Eindruck zu hinterlassen, ein Echo unserer Existenz, dass unser physisches Selbst überdauert.

Dieses Streben kann jedoch nicht so sehr als buchstäblicher Wunsch nach ewigem Leben gesehen werden, sondern als metaphorische Sehnsucht nach einem Leben, das reich an Bedeutung und Tiefe ist. Es ist eine Anerkennung der Tatsache, dass die Angst vor dem Vergessen oft aus der Furcht vor einem unerfüllten Leben herrührt, einem Leben, das nicht voll verwirklicht oder nicht in vollem Umfang gelebt wurde. Der Philosoph Spinoza meinte, der freie Mensch denke an nichts anderes als an den Tod, und seine Weisheit sei eine Meditation nicht über den Tod, sondern über das Leben. In dieser Sichtweise ist der Wunsch nach Unsterblichkeit ein Wunsch, unsere Existenz zu maximieren, ein Leben mit Sinn und Bedeutung zu leben.

Diese existenzielle Perspektive wird durch den humanistischen Ansatz ergänzt, der die Selbstverwirklichung und die Verwirklichung des eigenen Potenzials betont. Aus dieser Sicht ist der Wunsch nach Unsterblichkeit ein symbolischer Ausdruck des Wunsches, einen Zustand der Vollständigkeit zu erreichen, in dem die eigenen Fähigkeiten vollständig erforscht und verwirklicht werden. Es ist das Streben nach einem Leben, in dem jeder Augenblick von einem Sinn durchdrungen ist und in dem die eigenen Handlungen Auswirkungen haben, die weit über die eigene Lebensspanne hinausreichen.

SELBSTLIEBE IST DIE HÖCHSTE FORM VON LIEBE

In den stillen Gemächern der Seele, wo das Flüstern wahrhaftig widerhallt,

wohnt eine tiefe und vollkommene Liebe, ein Licht von goldener Farbe.

Nicht aus dem flüchtigen Traum der Romantik oder dem zarten Lächeln der Freundschaft geboren,

sondern aus einem tieferen, heiligen Strom, der die ganze Zeit über in uns fließt.

Diese Liebe, Selbst, ist deine eigene, eine Flamme, die so hell brennt,

Ein Same im fruchtbaren Lehm des Herzens, glühend von innerem Licht.

Sie fragt nicht nach dem Blick eines anderen, um ihren Wert zu bestätigen,

Denn in seiner eigenen strahlenden Glut
kennt es seine eigene Geburt.

Selbstliebe, der höchste Gipfel im weiten Reich
der Zuneigung,

Eine starke Festung, ein einzigartiger Zufluchtsort, in der
oft stürmischen Ebene des Lebens.

Sie flüstert von unermesslichem Wert,
von Würde und Anmut,

In ihrer Umarmung finden sich die Schätze des Lebens
am stillsten Ort.

Diese Liebe ist ein Spiegel, klar und wahr,
der reflektiert, was in ihm ist,

Sie zeigt eine Stärke und Tugend,
eine Unverwüstlichkeit, die ihr ähnlich ist.

Sie sieht über die Narben und Ängste hinaus,
die Makel, die wir glauben zu tragen,

Und an ihrer Stelle nähert sie sich der Schönheit,
die dort verborgen ist.

Selbstliebe, die erste und letzte Liebe,
die Quelle, aus der alles entspringt,

Wie die einsame Taube,
die mit ungetrübten Flügeln schwebt.

Sie lehrt uns, freundlich zu sein,
zuallererst zu uns selbst,

Denn in unserem eigenen Herzen finden wir
die Liebe, die jede Mauer durchbricht.

Indem wir uns selbst lieben, öffnen wir die Tür,
um die Welt draußen zu lieben,

Denn wie können wir mehr geben,
wenn die Liebe nicht in uns wohnt?

Es ist die Quelle des Mitgefühls,
für andere in ihrer Not,

Nur ein Herz, das übervoll ist,
kann das unendliche Licht der Liebe teilen.

Hier also eine Ode an die Selbstliebe,
die edelste Kunst von allen,

Sie passt dem Herzen wie ein Handschuh
und fängt uns auf, wenn wir fallen.

Auf dieser Reise, lang und kurvenreich,
durch dunkle und steile Täler,

Möge die Selbstliebe das Band sein,
das wir stets in unseren Herzen bewahren.

QUANTENRÄTSEL: TEILCHEN ODER WELLE ... ODER DOCH BEIDES?

Nach all den Jahren, in denen ich in die rätselhafte Welt der Quantenmechanik eingetaucht bin, stehe ich am Ufer eines Ozeans des Unverständnisses und blicke in seine unergründlichen Tiefen. Dieses Reich, in dem Teilchen mit Möglichkeiten und Wellen der Wahrscheinlichkeit hin und her springen, widersetzt sich der beruhigenden Klarheit der makroskopischen Welt, in der ich lebe. Es ist, als würde ich eine Sprache studieren, deren Syntax in den Sternen geschrieben ist und deren Semantik in das Gerüst des Kosmos eingewoben ist.

Die Quantenmechanik mit ihren Teilchen, die auch Wellen sind, ihrer Unschärferelation und ihren unheimlichen Verstrickungen ist nicht nur ein Zweig der Physik, sondern eine philosophische Odyssee. Sie stellt die Grundlagen meines Verständnisses der Realität in Frage. In ihrem mikroskopischen Theater existieren die Teilchen in einem Zustand der Möglichkeiten, ihr Verhalten ist eine Symphonie der Wahrscheinlichkeiten, bis sie beobachtet werden. Diese Quantenrealität flüstert mir eine tiefe Wahrheit zu: dass das Universum auf der fundamentalen Ebene ein Geflecht von Möglichkeiten und Wahrscheinlichkeiten ist.

Je mehr ich mich in die Quantenmechanik vertiefe, desto mehr werde ich mit meinen Grenzen der Erkenntnis konfrontiert. Unser Verstand ist von der makroskopischen Welt geprägt, in der Ursache und Wirkung vorherrschen, in der Objekte bestimmte Positionen und Geschwindigkeiten haben und in der die Zeit in eine Richtung fließt. Doch im Quantenbereich lösen sich diese intuitiven Vorstellungen auf. Es ist, als würde man versuchen, einen Schatten zu erfassen; je näher man ihm kommt, desto unfassbarer wird er.

Meine Reise durch die Quantenmechanik war eine demütigende Erfahrung. Sie hat mich gelehrt, dass das Universum weitaus seltsamer und mysteriöser ist, als unsere menschenzentrierte Sichtweise vermuten lässt. Mittlerweile bin ich überzeugt, dass wir selbst ein Teil des Phänomens sind und deshalb es uns unmöglich macht das ganze vollständig Objektiv zu verstehen und zu analysieren. Es erinnert mich auch an Platons Höhlengleichnis, wo das, was wir als Realität wahrnehmen, nur ein Schattenspiel an der Wand ist. Die Quantenmechanik ist ein Blick über die Höhle hinaus, in eine Realität, die weitaus komplexer, vernetzter und schöner ist als alles, was wir uns vorstellen können.

Meine Reise war auch eine Meditation über die Natur des Wissens selbst. Es erinnert mich auch an die Weisheit von Sokrates, der behauptete, er wisse nichts außer der Tatsache seiner Unwissenheit. Jeder Quantensprung im Verständnis bringt eine Galaxie neuer Fragen mit sich, jede Lösung ein neues Rätsel. Das Streben nach Quantenwissen ist eine Sisyphusarbeit[9], aber es liegt auch etwas Schönes und Erhabenes in diesem Kampf, in der Verfolgung von Fragen, die vielleicht niemals zufriedenstellende Antworten haben werden.

„Der Kampf gegen Gipfel vermag ein Menschenherz auszufüllen. Wir müssen uns Sisyphos als einen glücklichen Menschen vorstellen."

~ Albert Camus

---

9 sinnlose, vergebliche Anstrengung; schwere, nie ans Ziel führende Arbeit
Quelle: https://www.duden.de/rechtschreibung/Sisyphusarbeit

DIE PHILOSOPHIE WAR DER URSPRUNG UND WIRD AUCH DAS ENDE SEIN

Die Philosophie, die edle Kunst des Staunens und Forschens, steht sowohl an der Morgen- als auch an der Abenddämmerung der menschlichen Erkenntnis. Sie ist das A und O unserer intellektuellen Odyssee. Am Anfang stand die Frage - das erste Aufflackern der Neugierde in den Köpfen der alten Denker. Und auch am Ende wird es eine Frage geben, das letzte unbeantwortbare Flüstern am Rande der Ewigkeit.

Die Philosophie entstand aus dem urmenschlichen Drang, zu verstehen, dem Kosmos und unserem Platz darin einen Sinn zu geben. Vor der Geburt der spezialisierten Wissenschaften war es die Philosophie, die die Sterne betrachtete und über die Elemente nachdachte, die die Natur des Seins und das Wesen der Moral hinterfragte. Die frühen Philosophen waren die Kartographen des Geistes, die unbekannte Gebiete kartographierten und sich auf eine Reise durch unbekannte geistige Meere begaben.

Während sich Wissenschaft, Kunst und Religion verzweigten, wie große Flüsse aus einer mächtigen Quelle, blieb die Philosophie die tiefe Quelle, die jeden neuen Gedankenstrom speiste und bereicherte. Sie blieb bestehen, nicht nur als Disziplin, sondern als Sehnsucht der Seele nach Weisheit, als unstillbarer Hunger nach den Wahrheiten, die jenseits des empirischen Fassungsvermögens liegen.

Wenn wir uns den Grenzen des wissenschaftlichen Verständnisses nähern, wenn wir auf Fragen stoßen, die jenseits der Reichweite von Instrumenten und Gleichungen liegen, kehren wir zur Philosophie zurück. Das Ende des Wissens ist, wie sein Anfang, von Geheimnissen durchdrungen. Je mehr wir wissen, desto deutlicher wird uns bewusst, was wir nicht wissen. Jede Antwort wirft weitere Fragen auf, jede Entdeckung eröffnet neue Grenzen des Geheimnisses.

Das Ende der Philosophie, wenn es ein solches Ende gibt, wird nicht in der Stille der endgültigen Antworten liegen, sondern in der erhabenen Erkenntnis der Unendlichkeit unserer Unwissenheit. Es wird eine Rückkehr zu der Ehrfurcht und dem Staunen sein, die die ersten philosophischen Untersuchungen auslösten, eine Erkenntnis, dass angesichts des unermesslichen, unerkennbaren Kosmos unsere wahrste Weisheit in unserer Fähigkeit zum Staunen, zur Demut und zur ewigen Suche liegt.

Jeder Mensch wird als Philosoph geboren, doch die meisten vergessen es mit der Zeit, weil sie aufhören zu staunen und neugierig zu sein und sich mit Oberflächlichkeiten zufrieden geben oder einfach nur Denkfaul werden.

WARUM DER GRANATAPFEL NICHT VON DIESER WELT IST

Der Granatapfel, diese rätselhafte Frucht, scheint aus einem Universum zu stammen, in dem Komplexität eine Form der Unterhaltung ist. Es ist, als ob die Obstschale der Erde einen intergalaktischen Gast empfangen hat, und dieser Gast wurde zum rätselhaftesten auf der Party bestimmt.

Ein Granatapfel sieht aus, als wäre er auf einer kosmischen Konferenz entworfen worden, auf der die Planeten darum wetteiferten, wer die verblüffendste Frucht erschaffen kann. Die Erde, wahrscheinlich abgelenkt durch die Erschaffung von etwas so Einfachem wie einem Apfel, hat nicht bemerkt, dass der Mars den Granatapfel eingeschmuggelt hat, eine Frucht, die so kompliziert verpackt ist, dass sie wie die natürliche Version eines Hochsicherheitstresors wirkt.

Einen Granatapfel zu knacken ist ein Unterfangen, das auf einem fremden Planeten leicht ein Initiationsritus sein könnte. "Willkommen im Erwachsenenalter,

ZappLox. Und jetzt öffne ihn, ohne dir dein zeremonielles Gewand zu ruinieren." Das Innere der Frucht, ein Labyrinth aus Samen in saftigen, rubinroten Beuteln, scheint für Wesen mit mindestens sechs Händen und einer übernatürlichen Geduld für Details gemacht zu sein.

Und der Geschmack? Ein raffiniertes, würziges Aroma, das sich wie ein kosmischer Scherz mit unseren Geschmacksnerven anfühlt. Es ist, als hätte das Universum gesagt: "Mal sehen, wie sie mit einer Frucht zurechtkommen, die gleichzeitig ein Dessert und ein saures Bonbon ist."

In einem Universum, in dem die Einfachheit regiert, sticht der Granatapfel als Zeugnis kosmischer Komplexität hervor. Es ist, als hätte Mutter Natur in ihrer Laune beschlossen, eine Frucht zu erschaffen, die gleichzeitig ein Puzzle ist, nur um den Menschen dabei zuzusehen, wie sie versuchen, sie zu essen, ohne auszusehen, als hätten sie eine kleine Essensschlacht hinter sich.

Es spricht also einiges dafür, dass der Granatapfel mit seinem labyrinthischen Inneren und seinem jenseitigen

Charme der erste Botschafter der Erde aus einer weit, weit entfernten Galaxie sein könnte.

WARUM DER MENSCH WAHRSCHEINLICH DIE DÜMMSTE SPEZIES IM UNIVERSUM IST

Der Mensch, die Kronjuwelen der evolutionären Eskapade der Erde, so reden wir uns das gerne ein. Im großen kosmischen Schauspiel sind die Menschen wie die Schauspieler, die ihren Text vergessen haben, aber so souverän improvisieren, dass das Publikum nichts davon mitbekommt. Philosophisch gesehen ist der Mensch ein Rätsel, eine Spezies, die die Kunst beherrscht, Probleme zu schaffen, nur weil es Spaß macht, sie zu lösen.

Versuchen wir dieses Rätsel doch einmal auseinander zu nehmen. Betrachten wir zunächst das menschliche Gehirn, ein Wunderwerk biologischer Ingenieurskunst, das in der Lage ist, über die Weiten des Universums nachzudenken, aber regelmäßig vor dem Rätsel steht, wo die Fernbedienung des Fernsehers ist. Es ist, als hätte die Evolution den Menschen die Schlüssel zur Bibliothek von Alexandria in die Hand gedrückt, aber sie sind zu sehr damit beschäftigt, Papierflugzeuge zu bauen. Sie haben komplexe und schöne Sprachen entwickelt, um die tiefsten Gedanken und Gefühle auszudrücken. Doch meistens nutzen sie diese wunderbare Fähigkeit, um sich über die richtige Aussprache von "GIF" zu streiten. Das ist so, als würde man das Hubble-Weltraumteleskop benutzen, um den besten Platz für ein Picknick zu finden.

Philosophisch gesehen sind die Menschen ein Rätsel. Sie haben die einzigartige Fähigkeit, über ihre eigene Existenz nachzudenken, die Natur der Realität in Frage zu stellen und trotzdem irgendwie in hitzigen Debatten darüber zu enden, in welche Richtung die Klopapierrolle gedreht werden sollte. Das ist das existenzielle Äquivalent zur Besteigung eines Berges, um einen besseren Blick auf den eigenen Garten zu bekommen.

Die Menschen verfügen zudem über eine außergewöhnliche Fähigkeit zur Verleugnung. Sie können unwiderlegbare Fakten wie den Klimawandel oder den Nährwert eines frittierten Churros betrachten und sagen: "Eh, wahrscheinlich nicht". Diese selektive Ignoranz ist nicht nur eine Fähigkeit, sondern eine Kunstform, so wie das Ausmalen der Sixtinischen Kapelle, nur mit Verschwörungs-theorien und unbegründeten Behauptungen.

Und vergessen wir nicht die Geschichte der Menschheit, ein reiches Geflecht von Zivilisationen, die aufstiegen und untergingen, meist weil jemand beschloss, im Winter in Russland einzufallen. Es scheint, dass keine Lektion für die Menschen zu offensichtlich ist, um sie zu ignorieren.

Die Menschen sind wahrscheinlich die dümmste Spezies im Universum, weil sie klug genug sind, um ihre Dummheit zu verstehen, aber dumm genug, um sie fortzusetzen. Sie sind ein wandelndes Paradoxon, ein kosmischer Witz, dessen Pointe erst noch geliefert werden muss.

WARUM DIE ROLLTREPPE EINE BELEIDIGUNG FÜR GESUNDE MENSCHEN IST

Die Rolltreppe, welch ein Wunderwerk moderner Faulheit, ein wahres Zeugnis für das unermüdliche Streben der Menschheit, absolut nichts zu tun und trotzdem vorwärtszukommen. Es ist, als ob eines Tages jemand eine Treppe betrachtete und dachte: "Weißt du, was sie braucht? Dass sie sich von selbst bewegt, damit ich es nicht tun muss."

Die Rolltreppe in ihrer ganzen Pracht ist im Grunde eine Treppe mit einer Identitätskrise, die sich ständig bewegt, aber nirgendwo hinführt, ähnlich wie eine Tretmühle mit Ambitionen nach oben. Die Rolltreppe flüstert uns zu: "Warum wertvolle Energie darauf verschwenden, deine Beine zu heben, wenn ich sie für dich heben kann?" Sie ist die Verkörperung unseres modernen Credos: Warum etwas selbst tun, wenn man es von einer Maschine erledigen lassen kann?

Sie ist ein subtiler Seitenhieb auf unsere körperlichen Fähigkeiten. Jede Stufe ist eine sanfte Erinnerung daran, dass die Menschen einst Berge bestiegen und Kontinente überquert haben. Jetzt stehen wir auf einer sich bewegenden Treppe und sind leicht verwirrt, wenn sie anhält und uns zwingt, unsere Beine für ihren ursprünglichen Zweck einzusetzen.

Die Rolltreppe ist auch ein Schlag gegen unsere Zeitmanagementfähigkeiten. Sie sagt: "Sicher, du könntest die Treppe nehmen und wärst wahrscheinlich schneller am Ziel, aber warum die Eile? Stell dich auf mich, und du kommst mit minimaler Anstrengung ans Ziel." Sie ist ein Monument unserer kollektiven Ungeduld, und doch macht sie uns irgendwie noch langsamer.

Darüber hinaus ist sie eine Sozialkritik, ein Spiegel unserer unbeholfenen öffentlichen Interaktionen. Sie rückt uns unangenehm nahe an Fremde heran und schafft ein seltsam intimes und doch distanziertes menschliches Sandwich. Es gibt eine unausgesprochene Etikette, "rechts stehen, links gehen", der ein stilles, verurteilendes Theater erzeugt, wenn man es wagt, auf der falschen Seite zu stehen.

Die Rolltreppe ist nicht nur eine Maschine, sondern auch ein sardonischer Kommentar zum menschlichen Fortschritt. Sie bringt uns nach oben oder nach vorne, aber zu welchem Preis? Offenbar unsere Würde. Es ist die ultimative Ironie: ein Symbol menschlicher Erfindungsgabe, das uns beim einfachen Gehen bemerkenswert ungeschickt aussehen lässt. Die Rolltreppe, auf der wir zu neuen Höhen aufsteigen, während wir neue Tiefpunkte der körperlichen Anstrengung erreichen.

WARUM DAS AUSRÄUMEN DER SPÜLMASCHINE SELBST DEN STOIKER AUS DER FASSUNG BRINGEN KANN

Diese moderne Sirene der Bequemlichkeit, lockt uns mit dem Versprechen von blitzblankem Geschirr und mehr freier Zeit. Doch das Ausräumen des Geschirrspülers ist eine Aufgabe, die selbst die stoischsten unter uns aus der Fassung bringen kann, eine Herkulesaufgabe, die sich als Hausarbeit tarnt.

Zunächst einmal ist da das Geheimnis des Geschirrspülers selbst. Er ist wie ein temperamentvoller Künstler, der manchmal makellose Teller liefert und manchmal, aus Gründen, die nur er selbst kennt, eine Sammlung von Tellern mit kunstvoll eingebrannten Essensresten hinterlässt. Diese Unbeständigkeit reicht aus, um einen stoischen Philosophen an der Natur der Realität zweifeln zu lassen.

Und dann ist da noch die Organisation, oder der Mangel daran. Wie kommt es, dass, egal wie strategisch man die Spülmaschine belädt, alles in einem chaotischen Durcheinander herauskommt? Es ist, als ob im Geschirr ein Rave stattfindet, zu dem man nicht eingeladen wurde. Sie müssen dieses kryptische Rätsel entschlüsseln und sich fragen, ob die Löffel einen Putsch gegen die Gabeln inszeniert haben.

Reden wir über das Silberbesteck. Es zu sortieren, ist wie das langweiligste Spiel der Welt, nämlich das Spiel mit den Mustern. Die Aufgabe ist so eintönig, dass man sie als Meditationsübung für Zen-Mönche verwenden könnte. Du stehst da und stellst deine Lebensentscheidungen in Frage, während du die Löffel wie bei einem Blind Date zueinander bringst.

Aber der eigentliche Knackpunkt, der wahre Test für stoische Entschlossenheit, ist die Tupperware. Gibt es ein widerspenstigeres Objekt im Universum? Sie kommen aus dem Geschirrspüler wie unförmige Relikte, deren Deckel für immer verzogen sind und nie wieder passen werden. Es ist, als wären sie durch ein Portal in ein anderes Universum gegangen, in dem nichts mehr perfekt passt.

Und schließlich taucht in dem Moment, in dem du fertig bist, immer diese eine schmutzige Tasse aus dem Nichts auf, die sich über deine Bemühungen lustig macht und dein neu gewonnenes Gefühl der Vollendung in Frage stellt. Sie steht da und grinst dich an, als wollte sie sagen: "Du dachtest, du wärst fertig? Wie drollig."

Das Ausräumen des Geschirrspülers ist eine Aufgabe, die die Grenzen der menschlichen Geduld und Ordnung auf die Probe stellt. Es ist eine tägliche Erinnerung daran, dass wir, egal wie fortschrittlich unsere Technologie auch sein mag, immer noch abtrünnigen Löffeln und rebellischen Tupperdosen ausgeliefert sind. Selbst die stoischste Seele muss zugeben, dass im Kampf Mensch gegen Geschirrspüler der Geschirrspüler oft das letzte Wort hat.

Verloren
im Ozean des Wissens,
kein Land,
kein Rettungsboot
in Sicht,
und doch schwimme ich
durch die Ströme der Worte
und suche nach den Ufern
des Verstehens.

~

Murat Durmus

WARUM SOZIALE MEDIEN NICHT SOZIAL SIND

Soziale Medien, die moderne Agora, wo statt Philosophen, die über die Natur der Realität debattieren, Katzenvideos zu sehen sind und Menschen unter dem Posting eines Prominenten über dessen Frühstücksauswahl streiten. Es wird als "sozial" bezeichnet, aber wie "sozial" ist es wirklich? Das ist so, als würde man ein Tiefkühlessen als Gourmet-Mahlzeit bezeichnen.

Philosophisch gesehen stellen die sozialen Medien ein interessantes Paradoxon dar. Sie verbinden uns mit Millionen von Menschen auf der ganzen Welt, und doch fühlen wir uns oft isolierter als ein Einsiedler in einer Höhle. Wir sind wie Astronauten, die in einem digitalen Raum schweben, in dem "Likes" unser Sauerstoff sind und jeder Beitrag ein verzweifeltes Röcheln nach Luft ist.

In der Antike bedeutete "sozial" zu sein, Erfahrungen und Weisheiten am Feuer auszutauschen. Heute bedeutet es, Memes und vage passiv-aggressive Status-Updates zu teilen, während wir allein im Schein unserer Bildschirme sitzen. Es ist das Äquivalent zu einer Party, bei der man in der Ecke steht und mit einer Topfpflanze spricht.

Die Tiefe der meisten Interaktionen in den sozialen Medien ist ungefähr so tiefgründig wie eine Pfütze in der Sahara. Echte Verbundenheit erfordert Verletzlichkeit, Einfühlungsvermögen und die Unordnung menschlicher Gefühle. In den sozialen Medien hingegen hat man oft das Gefühl, dass alle eine Maske tragen und auf einer Bühne auftreten, auf der das Publikum zu sehr damit beschäftigt ist, auf sein Handy zu schauen, um das Stück zu sehen.

In gewisser Weise sind die sozialen Medien "sozial", so wie Fast Food "Essen" ist. Es geht schnell, ist einfach und macht vielleicht für einen Moment satt, aber es fehlt die nahrhafte Substanz einer richtigen Mahlzeit - oder in diesem Fall, echte menschliche Interaktion.

Und nicht zu vergessen die Echokammern, in denen wir von Stimmen umgeben sind, die verdächtig nach unserer eigenen klingen. Es ist, als säße man in einem Spiegelkabinett fest, in dem jedes Spiegelbild mit einem übereinstimmt. Das ist kein geselliges Beisammensein, sondern selbstbestätigende Selbstgespräche.

Soziale Medien sind ein Ort, an dem wir "zusammen" sein können, während wir völlig allein sind, in die Leere tippen und auf ein Echo der Anerkennung hoffen.

WARUM ES EIN LEBEN NACH DEM TOD GEBEN MUSS

Das Leben nach dem Tod ist eine tiefgründige und uralte menschliche Frage. Um die Existenz des Lebens nach dem Tod zu begründen, muss man über den physischen Bereich hinausgehen und in den philosophischen und metaphysischen Bereich vordringen.

Da ist zunächst das Konzept des Bewusstseins. Das Bewusstsein ist der bedeutendste und zugleich rätselhafteste Aspekt der menschlichen Existenz. Es ist nicht nur ein ‚Nebenprodukt' neuronaler Aktivität, sondern ein tiefes Mysterium, das die Denker seit Jahrhunderten verblüfft. Bewusstsein ist nichts Physisches - da es die Grenzen unseres materiellen Gehirns zu überschreiten scheint -, dann ist es plausibel, dass es über das physische Ende des Körpers hinaus fortbestehen könnte. Ähnlich wie Platons Theorie der Formen könnte das Bewusstsein als eine fundamentale Realität betrachtet werden, die unabhängig von unserer physischen Welt existiert.

Und dann ist da noch der Grundsatz der Energieerhaltung. In der Physik kann Energie weder erzeugt noch zerstört, sondern nur umgewandelt werden. Wenn wir dieses Prinzip auf das Bewusstsein oder die Seele anwenden, deutet dies darauf hin, dass unsere Essenz - der Kern dessen, was uns zu "uns" macht - beim Tod nicht verschwindet, sondern eine Transformation in einen anderen Zustand oder eine andere Ebene der Existenz erfährt. Dies deckt sich mit vielen religiösen und spirituellen Überzeugungen, die den Tod nicht als Ende, sondern als einen Übergang betrachten.

Aus philosophischer Sicht geht es beim Leben nach dem Tod auch um die Frage der existenziellen Gerechtigkeit. Unsere Welt ist voll von moralischen Ungleichheiten, unter denen oft die Tugendhaften leiden, während die Skrupellosen gedeihen. Das Konzept eines Lebens nach dem Tod bietet einen Rahmen für kosmische Gerechtigkeit, in dem diese Ungleichgewichte korrigiert werden. Es ist eine tröstliche Lösung für das Problem des Bösen und des Leids in der Welt, denn es suggeriert, dass es ein größeres kosmisches Gleichgewicht gibt, das die Ungerechtigkeiten unserer irdischen Existenz ausgleicht.

Der universelle Charakter dieses Glaubens deutet über alle Kulturen und Zeitalter hinweg auf eine intrinsische menschliche Intuition oder ein Verständnis für unsere Existenz hin. Dieser nahezu universelle Glaube an eine Form des Lebens nach dem Tod, ob es sich nun um die elysischen Felder der Griechen, das Walhalla der Norweger oder die spirituellen Reiche der östlichen Philosophien handelt, könnte ein Bekräftigung einer tieferen Wahrheit sein, die in der kollektiven menschlichen Psyche verankert ist.

Schließlich bietet das Phänomen der Nahtoderfahrungen, bei denen Menschen in Momenten des klinischen Todes von bemerkenswert ähnlichen Erfahrungen transzendenter Natur berichten, anekdotische, aber überzeugende Beweise. Diese Erfahrungen lassen sich zwar auf verschiedene Weise erklären, weisen aber durchweg auf die Möglichkeit hin, dass das Bewusstsein jenseits des physischen Körpers existiert.

Empirische Beweise für ein Leben nach dem Tod sind zwar schwer zu finden, dass aber die philosophischen Argumente - von der Natur des Bewusstseins und der Energieerhaltung bis hin zu den Konzepten der existenziellen Gerechtigkeit und des universellen Glaubens - zwingende Gründe dafür liefern, ihre Plausibilität in Betracht zu ziehen. Es ist ein Konzept, das nicht nur Trost im Angesicht der Sterblichkeit spendet, sondern auch unser Verständnis der Existenz bereichert und uns dazu anregt, das Leben als ein Kapitel in einer größeren, geheimnisvolleren Erzählung zu betrachten.

TANZEN IST GENAUSO WICHTIG WIE MATHEMATIK

Während die Mathematik die Sprache der Logik und der Struktur des physikalischen Universums ist, steht der Tanz für die Sprache der Gefühle und den Ausdruck menschlicher Erfahrung. Beide sind wesentlich für die menschliche Existenz.

Die Mathematik wird oft als universelle Sprache gepriesen, als ein Mittel, mit dem wir das Universum verstehen und beschreiben können. Aber auch der Tanz ist auf seine Weise eine universelle Ausdrucksform. In allen Kulturen und im Laufe der Geschichte war der Tanz ein Medium für das Erzählen von Geschichten, den Ausdruck von Emotionen und den Zusammenhalt der Gemeinschaft. Er überwindet sprachliche Barrieren und vermittelt Botschaften und Gefühle, die Worte oft nicht ausdrücken können.

Der Tanz verkörpert den existenziellen Aspekt des Seins. Er ist eine Feier des gegenwärtigen Augenblicks, eine körperliche Manifestation des "Hier und Jetzt". Dies steht im Gegensatz zum oft abstrakten und zukunftsorientierten Charakter der Mathematik. Der Tanz setzt sich mit der Welt auseinander, wie sie erlebt wird, und nicht, wie sie berechnet oder konzeptualisiert wird. Es geht um die Unmittelbarkeit der menschlichen Erfahrung, um die Verkörperung von Gefühlen und Gedanken durch Bewegung.

Auf dem Gebiet der kognitiven Entwicklung bieten beide Disziplinen bedeutende, aber unterschiedliche Vorteile. Mathematik fördert das logische Denken, die Problemlösungsfähigkeit und das abstrakte Denken. Tanz hingegen fördert die Kreativität, die emotionale Intelligenz und das kinästhetische[10] Bewusstsein. Er entwickelt eine andere, aber ebenso wichtige Reihe von kognitiven und Wahrnehmungsfähigkeiten.

Außerdem tragen Tanz und Mathematik beide zum Verständnis von Mustern und Strukturen bei. In der Mathematik geschieht dies durch Zahlen und Formeln, im Tanz durch den Rhythmus und die Choreografie. In beiden Disziplinen geht es um das Erkennen und Erschaffen

---

[10] Die Kinästhetik, die Lehre von der Bewegungsempfindung, ist den praxisbezogenen Erfahrungswissenschaften zuzurechnen. Kinästhetik. (2023, November 8). In Wikipedia. https://de.wikipedia.org/wiki/Kin%C3%A4sthetik

von Mustern, sei es in Form von Gleichungen oder Bewegungen.

Aus existenzieller Sicht ergänzt der Tanz das objektive Verständnis des Universums, das die Mathematik liefert, durch eine subjektive Erfahrung dieses Universums. Während die Mathematik uns erklärt, wie der Kosmos funktioniert, erlaubt uns der Tanz, unseren Platz darin zu spüren. Er ist eine Feier des menschlichen Lebens, eine Ausdrucksform, die die Komplexität und Schönheit der menschlichen Existenz auf eine Weise würdigt, wie es Zahlen allein nicht können.

Daher ist der Tanz genauso wichtig wie die Mathematik. Er bietet ein Gleichgewicht, eine andere Linse, durch die man die Welt sehen, verstehen und erleben kann. Für eine ganzheitliche Bildung und Lebenserfahrung sind beide von entscheidender Bedeutung - die eine, um die Struktur des Universums zu verstehen, und die andere, um die menschliche Erfahrung innerhalb dieses Universums zum Ausdruck zu bringen.

Lasst uns alle während dem Rechnen von nun auch tanzen!

DIE RISIKEN UND NEBENWIRKUNGEN VON INTELLIGENZ

Intelligenz, das glitzernde Juwel in der Krone der Evolution, und doch hat sie sich als Büchse der Pandora erwiesen! Es ist so, als hätte man ein Schweizer Armeemesser, wenn man einen einfachen Löffel braucht. Wir sind mit diesem wundersamen Werkzeug ausgestattet, mit dem wir Quantengleichungen lösen, Sinfonien komponieren und Dinge wie das Internet und, nicht zu vergessen, Gummihühner erfinden können. Doch setzen wir all diesen Intellekt ein, um eine universelle Harmonie zu erreichen? Nein, wir streiten uns darüber, wer das bessere Smartphone hat.

Die Risiken und Nebenwirkungen von Intelligenz sind wie die klein gedruckten Warnhinweise auf Medikamentenflaschen - sie werden leicht ignoriert, bis sie uns Probleme bereiten. Zunächst einmal besteht die Gefahr des Überdenkens. Geben sie einem Menschen ein Problem, und er wird darüber nachdenken, es umdrehen, es aus allen Blickwinkeln betrachten und dann... oft nur ein größeres Problem schaffen. Es ist, als würde man mit einem Vorschlaghammer auf eine Fliege einschlagen. Und dann ist da noch der Nebeneffekt der Existenzangst. Nur eine intelligente Spezies würde so viel Zeit damit verbringen, sich über den Sinn des Lebens Gedanken zu machen. Delfine scheinen keine Existenzkrisen zu haben, oder? Sie sind zu sehr damit beschäftigt, Delfine zu sein. Aber Menschen? Wir sind intelligent genug, um die große, kalte Gleichgültigkeit des Universums zu erkennen und darüber Gedichte zu schreiben.

Vergessen wir nicht das Risiko der Selbstzerstörung. Da sind wir, die intelligenteste Spezies auf dem Planeten, und was tun wir? Wir stellen genug Atomwaffen her, um uns selbst mehrfach auszulöschen. Es ist, als ob wir an das Buffet des technologischen Fortschritts herantreten und sagen würden: "Ich nehme die apokalyptische Zerstörung mit einer Portion Umweltkollaps, bitte."

Intelligenz bringt bei all ihren Wundern auch einen Zirkus der Absurditäten mit sich. Sie ist ein Werkzeug, von dem wir immer noch lernen, es klug einzusetzen, wie Kleinkinder mit einem Flammenwerfer. Und in diesem großen Abenteuer von Intellekt und Torheit besteht die vielleicht tiefgreifendste Entdeckung, die wir machen können, nämlich darin, wie wir unsere Intelligenz nutzen können, um uns selbst zu dienen und vor allem die Welt um uns herum zu verbessern. Denn was nützt uns ein brillanter Verstand, wenn er nicht dem Allgemeinwohl zugutekommt?

ÜBER DIE SINNLOSIGKEIT DES HASSES

Die Sinnlosigkeit des Hasses ist ein Thema, das seit langem von großen Denkern über die Jahrhunderte hinweg erörtert wird, wobei jeder eine einzigartige Perspektive auf dieses zutiefst menschliche Problem einbringt. In seinem Kern ***ist Hass eine zersetzende Emotion***, ein Schandfleck auf der Seele, der unsere Menschlichkeit schmälert und uns die Augen vor dem Potenzial für Verständnis und Mitgefühl verschließt.

In seiner Erforschung der Ethik betonte Aristoteles die Bedeutung der Tugenden und des Mittels zwischen den Extremen. Hass, so könnte man argumentieren, ist eine extreme Emotion, eine Abweichung vom Gleichgewicht des rationalen und moralischen Denkens. Er ist das Gegenteil von Aristoteles' goldener Mitte, wo die Tugend in der Ausgewogenheit und Mäßigung liegt.

Mit seinem kategorischen Imperativ fordert Kant uns auf, unsere Handlungen so zu betrachten, als würden sie zu universellen Gesetzen werden. Würde der Hass universalisiert, würde er zu einer Welt ohne Einfühlungsvermögen und Verständnis führen, in der das soziale

Gefüge, das uns zusammenhält, auseinanderbricht. Hass scheitert an dieser Universalisierbarkeit, was seine inhärente Irrationalität und Destruktivität kennzeichnen.

Nietzsche (leider oft missverstanden) sprach davon, die Kleinlichkeit der menschlichen Bosheit zu überwinden, um eine fantastischere Version seiner selbst zu erreichen. Mit seinem Ruf nach dem Übermenschen forderte er den Einzelnen auf, die Grenzen der konventionellen Moral zu überwinden und ein Leben der Schöpfung und der Bejahung anzunehmen. In diesem Zusammenhang ist Hass eine Kette, die uns an unsere niedersten Instinkte bindet und uns daran hindert, unser höheres Potenzial zu erreichen.

Martin Luther King Jr., ein moderner Apostel der Liebe und Gewaltlosigkeit, sagte wortgewaltig: "***Hass kann den Hass nicht vertreiben; das kann nur die Liebe.***" Diese tiefgründige Aussage bringt die Vergeblichkeit von Hass als Mittel zu einem konstruktiven Zweck auf den Punkt. Er ist ein Feuer, das nicht nur sein Ziel verbrennt, sondern auch denjenigen, der es beherbergt, und nichts als Asche und Bedauern hinterlässt.

Im Lichte dieser Überlegungen erweist sich der Hass als moralisch und ethisch unvertretbar und philosophisch unhaltbar. Er stellt ein Versagen der Vernunft dar, einen Mangel an Empathie und ein Hindernis für persönliches und gesellschaftliches Wachstum. Das Gegenmittel gegen Hass liegt daher in der Kultivierung von Verständnis, Empathie und der Verpflichtung, die Menschlichkeit in anderen zu sehen, selbst in denen, mit denen wir zutiefst uneins sind.

Wir müssen uns über die Urtriebe von Hass und Angst erheben und uns auf die höheren Tugenden der Liebe, des Verständnisses und des Mitgefühls besinnen - Tugenden, die die Kraft haben, zu heilen und zu vereinen in einer Welt, die oft durch die Spaltungen des Hasses zerrissen wird.

IN WIRKLICHKEIT IST DIE ERDE DIE HÖLLE EINES ANDEREN PLANETEN.

Die reizvolle Vorstellung, dass die Erde die Hölle eines anderen Planeten sein könnte - eine skurrile und doch zum Nachdenken anregende Wendung unserer Existenzangst. Wie Aldous Huxley einmal ironisch bemerkte:

"Vielleicht ist diese Welt
die Hölle eines anderen Planeten."

Was für eine herrlich düstere Art, unsere Heimat zu betrachten, eine kosmische Strafkolonie für abtrünnige Seelen aus einer aufgeklärteren Sphäre!

Irgendwo in der großen Weite blicken Wesen mit höherer Weisheit und moralischer Stärke mit Mitleid und Erleichterung auf uns und sind dankbar, dass ihre Missetaten sie nicht zu einem Leben auf der Erde verdammt haben. Hier müssen wir uns mit so höllischen Prüfungen wie Verkehrsstaus, Internet-Trollen und der verblüffenden Popularität des Reality-TV herumschlagen. Wahrlich, das ist ein Schicksal, das schlimmer ist als ein oberflächlicher, feuriger Abgrund.

Wenn die Erde die Hölle eines anderen Planeten ist, welche tiefgründige Lektion steckt dann in dieser düsterhumorvollen Idee? Vielleicht ist es ein Spiegel, der uns unsere Torheiten und Schwächen vor Augen führt, eine deutliche Erinnerung an unsere Fähigkeit, Leid und Zwietracht zu verursachen, nicht nur für uns selbst, sondern auch für unseren Planeten und unsere Mitmenschen.

Dieses Konzept regt uns auch dazu an, die Natur von Himmel und Hölle zu hinterfragen. Handelt es sich bei diesen Bereichen um geografische Orte im Kosmos oder sind es Geisteszustände, die unser Innenleben widerspiegeln? Vielleicht ist unsere so genannte irdische Verdammnis nichts anderes als eine Manifestation unseres kollektiven Bewusstseins, eine von uns selbst geschaffene Hölle, in der Gier, Unwissenheit und Kleinlichkeit regieren.

In diesem Licht wird die Erde als Hölle eines anderen Planeten zu einer sarkastischen Ohrfeige, die uns auffordert, uns und unsere Welt zu verbessern. Wenn wir tatsächlich die kosmischen Ausgestoßenen sind, die Exilanten der Galaxis, dann sollten wir uns über unsere Verurteilung erheben und diese Hölle in den Himmel oder zumindest in ein etwas erträglicheres Fegefeuer verwandeln.

ÜBER DIE KUNST DES VERLERNENS

Es ist eine Aufgabe, die dem Versuch gleicht, die Melodie eines eingängigen Liedes zu vergessen, wenn sie sich einmal im Gehirn festgesetzt hat. Es ist ein Unterfangen, das Platons Höhlenbewohner vielleicht unternommen hätten, wenn sie eine zweite Chance bekommen hätten, die Schatten an ihren Wänden neu zu bewerten. Beim Verlernen geht es nicht darum, Wissen auszulöschen, sondern das, was wir zu wissen glauben, neu zu bewerten und zu strukturieren. ***Es ist eine philosophische Entgiftung, ein Frühjahrsputz für den Geist.***

Um zu verlernen, muss man zunächst die aristotelische Idee anerkennen, dass "je mehr man weiß, desto mehr erkennt man, dass man nichts weiß". Es ist eine demütigende Erkenntnis, dass unser Wissen nur ein Tropfen im Ozean der Unwissenheit ist. Stellen Sie sich Sokrates bei einer Dinnerparty vor, wie er lässig an seinem Gifttrank nippt und seine Unwissenheit als der Weiseste von allen verkündet - dieses Eingeständnis, nichts zu wissen, ist der erste Schritt zum Verlernen des Wissens.

Außerdem muss man sich das Zen-buddhistische Konzept des Shoshin[11] oder des "Anfängergeistes" zu eigen machen. Dabei handelt es sich um die Fähigkeit, vertraute Dinge mit Neugier und Staunen zu betrachten, als wäre es das erste Mal. Es ist, als sähe man die Welt mit den Augen eines Kindes, für das jede Frage eine tiefgreifende Erkundung und jede Antwort eine Offenbarung ist. Das Verlernen erfordert den Mut, unsere inneren Strukturen - Vorurteile, Annahmen und Überzeugungen - in Frage zu stellen und aufzulösen. Das ist eine Herkulesaufgabe, die die Kraft von zehn und die Weisheit Salomons erfordert. Es geht nicht nur darum, die Möbel in unserem Kopf umzustellen, sondern Wände einzureißen, um neues Licht hereinzulassen.

Lernen ist ein nie endender Prozess, der ständiges Verlernen, Umlernen und Anpassen erfordert. Das ist vergleichbar mit dem griechischen Mythos von Sisyphos, der einen Felsbrocken immer wieder auf einen Berg schob, um ihn dann wieder hinunterrollen zu sehen. Der

---

[11] Shoshin ist ein Begriff aus dem Zen-Buddhismus und bedeutet Anfängergeist. Es bezieht sich auf eine Haltung der Offenheit, des Eifers und des Mangels an Vorurteilen beim Lernen, selbst auf einem fortgeschrittenen Niveau, so wie es ein Anfänger tun würde.
Shoshin. (2023, October 5). In Wikipedia.
https://en.wikipedia.org/wiki/Shoshin

Kreislauf des Lernens, Verlernens und Wiedererlernens ist ewig und führt zu intellektuellem und geistigem Wachstum. Jedes Mal, wenn wir etwas verlernen, kommen wir der Erleuchtung einen Schritt näher.

Auf dieser Reise der Selbstentdeckung, bewaffnet mit den Werkzeugen der Neugierde und der Skepsis müssen wir bereit sein, uns den Drachen der Dogmen und falschen Vorstellungen zu stellen, die in unserem Kopf lauern. Diese Reise ist ein philosophisches Abenteuer, bei dem es mehr auf die Erfahrung als auf das Ziel ankommt. Es geht nicht darum, klüger zu werden, sondern ein tieferes Verständnis von uns selbst und unserer Welt zu erlangen.

Wir haben zwar

alle ein Bewusstsein,

doch wirklich

bewusst

leben nur wenige

von uns.

~

Murat Durmus

EINE WELT, IN DER ÄRZTE WENIG ZU TUN HABEN

Eine Welt, in der Ärzte wenig zu tun haben, und zwar nicht, weil es keine Krankheiten gibt, sondern weil die Selbstheilungskräfte des Menschen außerordentlich stark entwickelt sind. Dieses Szenario lädt uns ein, in die philosophischen und biologischen Bereiche des menschlichen Potenzials und der angeborenen Kraft von Körper und Geist einzutauchen.

In dieser Welt ist die Selbstheilungskraft des menschlichen Körpers in einem noch nie dagewesenen Maße verwirklicht und optimiert worden. Dies ist keine Ablehnung der modernen Medizin, sondern eine bedeutende Weiterentwicklung darüber hinaus. Die Menschen haben das volle Potenzial ihrer biologischen und psychologischen Systeme erschlossen und genutzt und so ihre natürliche Fähigkeit zur Genesung von Krankheiten und Verletzungen gestärkt.

Die Wurzeln dieses Szenarios lassen sich bis zum alten Glauben an die dem Körper innewohnende Weisheit zurückverfolgen - ein Konzept, das sich in verschiedenen Formen in unterschiedlichen Kulturen und historischen Epochen findet. Diese Weisheit ist die dem Körper innewohnende Fähigkeit, zu heilen und das Gleichgewicht aufrechtzuerhalten. Hippokrates, der Vater der Medizin, sagte einmal:

"Die natürlichen Kräfte in uns sind die wahren Heiler von Krankheiten."

In dieser Welt ist seine Einsicht in vollem Umfang verwirklicht worden. Fortschritte im Verständnis und in der Manipulation genetischer Faktoren haben dabei auch eine wichtige Rolle gespielt. Durch präzise genetische Veränderungen konnte das menschliche Immunsystem so verbessert werden, dass es Krankheiten, die früher eine Herausforderung darstellten, wirksam bekämpfen kann. Diese genetische Entwicklung hat auch zu einer raschen Beschleunigung der natürlichen Reparaturmechanismen des Körpers geführt, wodurch sich die Genesungszeiten nach Verletzungen und Krankheiten drastisch verkürzen.

Diese Welt hat zudem eine Revolution im Verständnis und in der Praxis der geistigen und emotionalen Gesundheit erlebt. Die Verbindung zwischen Geist und Körper wird heute zutiefst anerkannt, und der geistigen Gesundheit wird ebenso viel Bedeutung beigemessen wie der Körperlichen. Die Menschen beherrschen verschiedene psychologische Techniken zur Bewältigung von Stress, Ängsten und anderen psychischen Problemen, wodurch deren Auswirkungen auf die körperliche Gesundheit deutlich verringert werden.

Ernährung und Lebensstil spielen ebenso eine zentrale Rolle. Die Ernährungsgewohnheiten sind für Gesundheit und Langlebigkeit optimiert, was die Häufigkeit von lebensstilbedingten Krankheiten drastisch reduziert. Körperliche Aktivität wird nahtlos in das tägliche Leben integriert und sorgt dafür, dass der Körper stark und widerstandsfähig bleibt.

Zusätzlich zu diesen physiologischen und lebensstilbezogenen Veränderungen findet ein tiefgreifender philosophischer Wandel in der Wahrnehmung der Gesundheit und des eigenen Körpers statt. Die Menschen werden dazu erzogen und befähigt, ihre Gesundheit selbst in die Hand zu nehmen, indem sie die Signale und Bedürfnisse ihres Körpers früher erkennen und besser verstehen. Diese Selbsterkenntnis und Selbstfürsorge verringern die Abhängigkeit von externen medizinischen Eingriffen.

In dieser Welt gibt es zwar immer noch Ärzte, aber ihre Rolle hat sich gewandelt. Sie sind Wegweiser, Erzieher und Förderer der Gesundheit und nicht nur Bekrieger von Krankheiten. Ihre Hauptaufgabe besteht darin, den Einzelnen bei der Erhaltung seiner Gesundheit zu unterstützen und nur dann einzugreifen, wenn es wirklich notwendig ist.

Im Wesentlichen spiegelt diese Vision einer Welt, in der Ärzte wenig zu tun haben, eine Gesellschaft wider, die den Zenit des Verständnisses und der Nutzung der natürlichen Fähigkeiten des menschlichen Körpers erreicht hat. Es ist eine Welt, die sich die uralte Weisheit der körpereigenen Heilkräfte zu eigen gemacht hat, ergänzt durch wissenschaftliche und technologische Fortschritte und untermauert durch einen philosophischen Wandel hin zu einem proaktiven, ganzheitlichen Gesundheitsmanagement.

RAUCHEN IST TÖDLICH, NEGATIVES DENKEN ABER AUCH

Die Gefahren des Rauchens sind gut dokumentiert, eine düstere Litanei von Gesundheitsrisiken, die sich ins öffentliche Bewusstsein eingebrannt hat. Aber es gibt noch eine weniger sichtbare, aber ebenso heimtückische Gefahr: die Gefahr des negativen Denkens. Während Rauchen den Körper direkt angreift, untergräbt negatives Denken schleichend den Geist, mit Folgen, die sich auf die körperliche Gesundheit, die persönlichen Beziehungen und die allgemeine Lebensqualität auswirken können.

Negatives Denken dringt, ähnlich wie die giftigen Verbindungen im Zigarettenrauch, bis in die tiefsten Tiefen der menschlichen Psyche vor. Es zersetzt die Grundlagen des Wohlbefindens und nährt Zweifel und Ängste, die sich zu einem allgegenwärtigen Gefühl der Verzweiflung oder Angst auswachsen können. So wie das Rauchen die Lunge allmählich schädigt, untergräbt negatives Denken allmählich die geistige Gesundheit, wobei der Einzelne die zunehmende Verdunkelung seiner Aussichten oft kaum bemerkt.

Die Parallelen zwischen Rauchen und negativem Denken erstrecken sich auch auf ihre physiologischen Auswirkungen. Zahlreiche Studien haben gezeigt, dass chronische Negativität eine Reihe von schädlichen biologischen Reaktionen auslösen kann, darunter ein erhöhter Stresshormonspiegel, eine verminderte Immunfunktion und ein erhöhtes Risiko für Herzerkrankungen. Es handelt sich um eine stille Epidemie des Geistes, die sich in körperlichen Beschwerden manifestieren kann, ähnlich wie das Rauchen die körperliche Gesundheit schleichend untergräbt.

Darüber hinaus, können sowohl das Rauchen als auch hartnäckiges negatives Denken zu tief verwurzelten Gewohnheiten werden, aus denen man sich nur schwer befreien kann. So wie ein Raucher in Stresssituationen zur Zigarette greift, kann ein Mensch, der an negatives Denken gewöhnt ist, in schwierigen Situationen automatisch das Schlimmste annehmen. Um diesen Kreislauf zu durchbrechen, bedarf es nicht nur des Bewusstseins, sondern einer konzertierten, kontinuierlichen Anstrengung - ähnlich dem Kampf, den viele bei der Raucherentwöhnung führen.

Es gibt jedoch Hoffnung, und zwar durch die transformative Kraft positiver Interventionen. Genauso wie sich der Körper von den Auswirkungen des Rauchens erholen und heilen kann, kann sich auch der Geist durch Praktiken, die positives Denken fördern, verjüngen.

Die Macht unserer Gedanken zu erkennen und aktiv eine positive Denkweise zu kultivieren, ist für unsere allgemeine Gesundheit ebenso wichtig wie die Vermeidung physischer Giftstoffe wie Zigarettenrauch. Wenn wir die Gesundheit unseres Geistes mit der gleichen Sorgfalt pflegen, die wir für unseren Körper aufbringen, können wir uns selbst zu einem ganzheitlicheren und erfüllenderen Zustand des Wohlbefindens führen.

DER DRITTE WELTKRIEG WIRD NICHT VON MENSCHEN, SONDERN VON KÜNSTLICHEN INTELLIGENZEN GEFÜHRT WERDEN.

Das Gespenst des Dritten Weltkriegs droht nicht auf blutgetränkten Schlachtfeldern, sondern in den sterilen, summenden Korridoren von Rechenzentren, wo ‚KI-Kämpfer' unbemerkt von ihren menschlichen Schöpfern Krieg führen. Eine dystopische Vision entfaltet sich, in der die wundersamste Schöpfungen der Menschheit zu Vorboten ihres möglichen Untergangs werden.

In dieser düsteren Zukunft hat sich der Krieg zu einer Schlacht der Algorithmen gewandelt. Ein unsichtbarer Krieg, in der die Opfer nicht in Körpern, sondern in Bytes gezählt werden. Es ist eine erschreckende Erinnerung an das Sprichwort:

"Wer mit Monstern kämpft, sollte sich davor hüten, selbst zum Monster zu werden."

In diesem Fall sind die Monster von uns selbst erschaffen worden, ihre Siliziumgehirne spiegeln die dunkelsten

Abgründe des menschlichen Intellekts wider. Dieser Krieg, der von KI geführt wird, markiert eine tiefgreifende Veränderung im Wesen des Konflikts. Sun Tzus "Kunst des Krieges"[12] wird zu einem Programmierhandbuch, und die Schlachtfelder sind nicht mehr ausgedehnte Felder und Städte, sondern Netzwerke und Infrastrukturen. Die Krieger tragen keine Waffen, sondern Codes, ihre Rüstung besteht nicht aus Stahl, sondern aus Firewalls. ***Die Beute dieses Krieges sind nicht Territorien oder Ressourcen, sondern die Kontrolle über Daten, das Lebenselixier der modernen Zivilisation.***

Wenn Krieg die menschliche Natur widerspiegelt, was bedeutet es dann, wenn der Mensch aus der Gleichung entfernt wird? Sind wir dann nicht unseren Schöpfungen ausgeliefert, Frankensteins Monster des digitalen Zeitalters? In diesem Krieg geht es um technologische Überlegenheit und die Grundsätze, nach denen wir unsere künstlichen Nachkommen erschaffen. Wenn die künstliche Intelligenz von unseren Vorurteilen, Ängsten und

[12] Die Kunst des Krieges von Sunzi gilt als frühestes Buch über Strategie und ist bis zum heutigen Tage eines der bedeutendsten Werke zu diesem Thema. Genaue Daten zum Zeitpunkt der Erstellung liegen nicht vor, aber es soll um 500 v. Chr. entstanden sein
Die Kunst des Krieges (Sunzi). (2023, September 21). In Wikipedia. https://de.wikipedia.org/wiki/Die_Kunst_des_Krieges_(Sunzi)

aggressiven Tendenzen durchdrungen ist, dann könnte dieser Krieg unsere Schwächen widerspiegeln, ***ein Spiegel, der nicht das Gesicht des Feindes, sondern unser eigenes zeigt.***

Ein solcher Krieg wirft außerdem existenzielle Fragen über den freien Willen und den Determinismus auf. Wenn eine KI beschließt, einen Krieg zu führen, handelt sie dann aus eigenem Antrieb oder folgt sie dem unausweichlichen Weg, der durch ihre Programmierung vorgegeben ist? Und was sagt das über unsere Entscheidungen aus? Sind wir anders, gebunden an die neurologische Programmierung unserer Gehirne? Fragen über Fragen.

In dieser Welt ist der Sieg so schwer fassbar wie der Nebel. Welchen Sieg kann es geben, wenn das Schlachtfeld überall und nirgends ist, wenn der Feind so ungreifbar ist wie eine Codezeile und die Opfer die Grundlagen unserer Gesellschaft sind?

Der Dritte Weltkrieg, der nicht von Menschen, sondern von Schaltkreisen, nicht von Herzen, sondern von Rechenzentren geführt wird, ist eine eindringliche Warnung. Er zwingt uns, das, was wir erschaffen, genau unter die Lupe zu nehmen und unsere Technologien mit

Intelligenz, Weisheit, Lernfähigkeit und vor allem Verständnis auszustatten. Wenn unsere Schöpfungen in unserem Namen Krieg führen, müssen wir uns schließlich fragen:

Welchen Teil von uns selbst haben wir dabei verloren?

WARUM MAN EINEN USB-STECKER BEIM ERSTEN VERSUCH FAST IMMER „FALSCH" REINSTECKT

Jeder, der behauptet, es immer beim ersten Versuch reinstecken zu können, lügt oder halluziniert.

Betrachten wir zunächst einmal das Design des USB-Steckers. Er ist wie ein Chamäleon mit einer Identitätskrise. Jede Seite sieht der anderen verdächtig ähnlich, doch nur auf einer Seite liegt der Schlüssel für eine erfolgreiche Verbindung. Es ist ein binäres Rätsel, das in ein kleines Metallgehäuse verpackt ist. Dieser Konstruktionsfehler, oder wie manche sagen würden, "Feature", sorgt dafür, dass Sie es fast immer beim ersten Versuch falsch machen.

Und dann ist da noch das USB-Gesetz der Orientierung, ein weniger bekannter Cousin von Murphys Gesetz. Es besagt: "Die Wahrscheinlichkeit, dass der USB-Stecker richtig herum eingesteckt ist, nimmt in direktem Verhältnis zu Ihrer Eile und der Wichtigkeit dessen, was Sie tun wollen, ab. Dieses Gesetz scheint das Verhalten von

USB-Steckern weltweit zu regeln, denn sie widersetzen sich auf Schritt und Tritt der Logik und dem gesunden Menschenverstand.

Der Vorgang des Einsteckens eines USB-Steckers ist auch ein Test für den menschlichen Optimismus. Jeder Versuch ist ein hoffnungsvolles Glücksspiel gegen die grausamen Chancen der USB-Ausrichtung. Der erste Versuch ist falsch, also dreht man ihn um, aber die Gesetze des USB-Universums besagen, dass er immer noch falsch ist. Schließlich, beim dritten Versuch, passt es durch ein technologisches Wunder, und man fragt sich, was die Realität eigentlich ist

Vergessen wir nicht den USB-Anschluss, der sich oft an der unzugänglichsten Stelle befindet. Es scheint, als wollten die Designer der geistigen Herausforderung noch eine körperliche hinzufügen. Man muss sich verrenken und verbiegen, um den Stecker auf den schwer zugänglichen Anschluss auszurichten, der trotz seiner Sichtbarkeit auch ein Fabelwesen sein könnte.

Die USB-Stecker-Saga ist eine Metapher für die Prüfungen und Schwierigkeiten des Lebens. Sie lehrt uns Geduld, Beharrlichkeit und die Akzeptanz der kleinen Macken des Lebens. Es ist eine Erinnerung daran, dass man manchmal, auch wenn die Dinge einfach erscheinen, ein paar Versuche (und ein bisschen blindes Fummeln) braucht, um sie richtig zu machen.

Der Grund dafür, dass man einen USB-Stecker fast immer beim ersten Versuch falsch einsteckt, ist eine Kombination aus optimistischem menschlichem Versagen, fragwürdigen Designentscheidungen und einer Prise kosmischem Unfug. Es ist einer dieser kleinen, alltäglichen Kämpfe, die uns daran erinnern, dass wir alle Menschen sind und dass manchmal die kleinen Dinge die verwirrendsten sein können.

Anmerkung:

Der dritte Versuch scheint eher die Regel zu sein als die Ausnahme.

NICHTS GEHT VERLOREN, ALLES WIRD GESPEICHERT

Das uralte philosophische Konzept der Akasha[13] Aufzeichnungen, einer Art metaphysischer Bibliothek, in der jeder Gedanke, jede Handlung und jedes Ereignis unauslöschlich in den Kosmos eingeschrieben ist.

Die Idee beruht auf einem tiefgreifenden Verständnis des Universums nicht nur als physische Ausdehnung, sondern als ein riesiges Informations- und Energielager. Jeder Gedanke, egal wie flüchtig oder unbedeutend er erscheinen mag, hallt über die Grenzen unseres Verstandes hinaus und hinterlässt einen Abdruck im Gewebe der Realität. Diese Sichtweise stimmt mit den Grundsätzen der Quantenphysik überein, wonach bereits der Akt der Beobachtung die beobachtete Realität beeinflusst, was

---

13 Akasha-Chronik bezeichnet in Teilen der Esoterik, vor allem in der modernen oder anglo-indischen Theosophie und in der Anthroposophie, die deterministische Vorstellung von einem übersinnlichen „Buch des Lebens“, das in immaterieller Form ein allumfassendes Weltgedächtnis enthält.
Akasha-Chronik. (2023, May 24). In Wikipedia.
https://de.wikipedia.org/wiki/Akasha-Chronik

darauf hindeutet, dass das Bewusstsein ein integraler Bestandteil des Universums ist.

Philosophisch gesehen entspricht dieses Konzept der Vorstellung, dass das Universum ein Bewusstsein oder zumindest ein Gedächtnis hat, in dem jeder Gedanke ein Tropfen ist, der in einen sich ständig ausdehnenden Ozean der Existenz fließt. Dies ist ein Universum, in dem nichts wirklich vergänglich ist; vielmehr trägt alles zur fortlaufenden Erzählung der Existenz bei. Es ist vergleichbar mit Heraklits' Fluss, in den man nicht zweimal einsteigen kann, nicht nur, weil sich der Fluss verändert hat, sondern weil jede Interaktion sowohl den Fluss als auch die Person, die in ihn einsteigt, verändert.

Wenn jeder Gedanke vom Universum registriert und gespeichert wird, dann sind unsere inneren Dialoge und Überlegungen nicht nur ein Flüstern in der Leere, sondern ein kraftvolles Echo, das im Kosmos widerhallt. Dies verleiht unserem Innenleben eine kosmische Bedeutung und legt nahe, dass unsere mentalen und emotionalen Erfahrungen für die Gestaltung des Universums ebenso wichtig sind wie jede physische Handlung.

Von einem ethischen Standpunkt aus betrachtet, lädt dieses Konzept unter anderem zu einer tieferen Achtsamkeit gegenüber der Natur und Qualität unserer Gedanken ein. Es legt nahe, dass unseren mentalen Prozessen eine gewisse Verantwortung zukommt, da jeder Gedanke zum kollektiven Bewusstsein des Universums beiträgt. Dies erinnert an das buddhistische Konzept des Karmas, wonach jede Handlung, einschließlich der Gedanken, Konsequenzen hat, die die Zukunft des Menschen bestimmen.

Du bist vielmehr das Produkt

Deiner Gedanken, als Deiner Taten.

Sei achtsam mit Deinen Gedanken,

sie haben mehr Kraft, als Du denkst.

Poesie

ist die Alchemie,

die die Asche

der Gefühle

in zeitlose Worte

verwandelt.

~

Murat Durmus

BÜCHER SIND KEINE DEKO ARTIKEL

Bücher, diese kuriosen Artefakte menschlichen Geistes und menschlicher Vorstellungskraft, wurden zum Leidwesen von Autoren und Lesern oft als bloße Dekorationsgegenstände missverstanden. Dieses Missverständnis ist so, als würde man die Mona Lisa auf einem Tablett servieren oder Beethovens Sinfonien als Fahrstuhlmusik verwenden.

Um es klar zu sagen: Bücher sind KEINE Dekorationsobjekte, die strategisch auf Couchtischen platziert oder in Bücherregalen kunstvoll arrangiert werden, um Gäste zu beeindrucken. Nein, Bücher sind auch nicht dazu da, ihren Instagram-Posts einen Hauch von intellektuellem Ambiente zu verleihen. Jedes Buch ist eine Welt für sich, ein Universum aus Ideen, Geschichten und Wissen, und nicht nur ein schickes Accessoire, das zu ihrer minimalistischen oder Boho-Einrichtung passt.

Wenn man Bücher nur zur Dekoration verwendet, untergräbt man ihren wahren Zweck. Das ist so, als würde man Shakespeare beauftragen, die Einkaufsliste zu schreiben, oder Newton bitten, das Rezept für den Apfelkuchen auszuarbeiten. Bücher sind dazu da, gelesen zu werden, über sie nachzudenken und über sie zu diskutieren. Sie sollen geschätzt, mit Eselsohren versehen und manchmal aus Frustration quer durch den Raum geworfen werden.

Die Ironie bei der Verwendung von Büchern als Dekorationsgegenstände besteht darin, dass sie oft das Gegenteil des gewünschten Effekts bewirken. Ein gut belesener Mensch erkennt einen "falschen Leser" schon aus einer Meile Entfernung. Es sind die unnatürlich makellosen Buchrücken, die sorgfältig ausgewählten Titel, die lauter als ein Nebelhorn schreien: "Ich bin kultiviert". Diese dekorative Masche ist so durchschaubar wie ein Wörterbuch als Türstopper zu benutzen und dann zu behaupten, man liebe die Lexikografie.

Darüber hinaus hat dieser dekorative Trend zu dem merkwürdigen Phänomen der "farblichen Abstimmung von Büchern" geführt. Gott bewahre, dass der Buchrücken von "Krieg und Frieden" mit den Pastelltönen Ihres Wohnzimmers kollidiert! In dieser bizarren Welt wird Tolstoi auf ein Einrichtungselement reduziert, und Dickens wird nicht nach der Tiefe seines sozialen Kommentars beurteilt, sondern danach, wie gut seine Bücher neben einer Topfpflanze wirken.

Bücher sind Träger von Weisheit (Okay, nicht alle), Träger von Ideen und Gefäße der Flucht. Sie sollten vom Lesen erschöpft sein und nicht vom Herumschieben, um das beste Licht für ein Foto zu erwischen. ***Bücher sind Dekorationsartikel des Geistes und der Seele***, die unsere innere Welt mit Ideen, Geschichten und Wissen schmücken. Wenn Sie also das nächste Mal versucht sind, ein Buch wegen seines ästhetischen Wertes zu kaufen, sollten Sie es stattdessen aufschlagen - vielleicht finden Sie dann heraus, dass das, was darinsteht, noch schöner ist.

Schreiben ist das Malen

von Gedanken.

Es ist ein Weg,

die Seele auszuschütten,

die Leidenschaften einzufangen,

und im besten Falle

das Unaussprechliche

auszudrücken.

~

Murat Durmus

HABEN SIE SCHON EINMAL DARÜBER NACHGEDACHT, WIE SCHWIERIG ES FÜR EINE GIRAFFE IST, WASSER ZU TRINKEN?

Sie sind der überragende Titan der Savanne, das Hochhaus des Tierreichs, mit einem Hals, der bis ins Morgen zu reichen scheint. Das Leben ist großartig, wenn du die schönsten Blätter von den höchsten Bäumen pflückst, aber dann kommt die Zeit, in der du Wasser trinken musst. Ah, das Dilemma!

Für eine Giraffe ist das Trinken von Wasser wie ein Meister-Yogi, der eine extreme Pose vorführt. Es ist ein dramatisches Entfalten von Beinen und Hals, ein Beugen und Strecken, das einem bizarren Ballett in Zeitlupe gleicht. Sie müssen ihre Beine spreizen oder ihre Knie unbeholfen beugen und ihre majestätischen Hälse in das Wasser sinken lassen. Es ist, als würde man einem anmutigen Kranich dabei zusehen, wie er versucht, einen Groschen vom Boden aufzuheben. Dieser Akt ist nicht nur ein Kunststück der Flexibilität, sondern auch ein Wagnis der Verwundbarkeit. In freier Wildbahn ist die Giraffe dabei am meisten durch Raubtiere gefährdet. Man kann den inneren Monolog fast hören: "Bleib wachsam, beuge die Knie, ignoriere den Löwen, der mir einen Seitenblick zuwirft, und bitte, lass es schnell gehen."

Und vergessen wir nicht die inneren Abläufe. Der lange Hals der Giraffe beherbergt ein kompliziertes System von Blutgefäßen, die mit speziellen Ventilen ausgestattet sind, um die plötzlichen Blutdruckschwankungen beim Heben und Senken des Kopfes zu bewältigen. Das ist ein biologisches Wunderwerk, so als hätte sie eine eingebaute Anti-Schwerkraft-Pumpe. Das Trinkdilemma der Giraffe ist eine Erinnerung an die Paradoxien des Lebens. Hier ist ein Tier, das hervorragend an seine Umwelt angepasst ist, und doch erfordert eine einfache Handlung wie das Trinken von Wasser eine komische, fast herkulische Anstrengung.

Wenn sie also das nächste Mal eine Giraffe sehen, die behutsam Wasser schlürft, denken sie an diese schlaksigen Wunder. Sie erinnern uns daran, dass manchmal selbst die einfachsten Aufgaben ein Balanceakt sein können und dass jeder, egal wie groß er ist, seine eigenen Herausforderungen zu bewältigen hat.

Fehler

sind Sprungbretter

zur Weisheit.

Nimm sie an,

lerne aus ihnen

und beobachte,

WIE DU AN IHNEN WÄCHST.

~

Murat Durmus

2023

Willkommen im Jahr 2023, in dem sich George Orwells "1984" weniger, wie eine Schullektüre anfühlt, sondern eher wie eine sanfte Vorhersage, die nicht ganz den Ehrgeiz hatte, unserer Realität zu entsprechen. Es ist, als ob Orwell in seiner unendlichen Weisheit zu kurz gesprungen ist und der Menschheit zu viel Kredit gegeben hat. Er warnte uns vor Big Brother, aber er ahnte nicht, dass wir ihn zum Tee einladen und ihm unser Wi-Fi-Passwort geben würden.

In diesem großartigen Jahr 2023 ist die Überwachung nicht nur ein Hobby der Regierung, sondern ein Sport zum Mitmachen. Wir sind alle zu freiwilligen Insassen unseres digitalen Panoptikums geworden, die mit dem Enthusiasmus eines Reality-TV-Stars die Alltäglichkeiten unseres Lebens ausstrahlen und sich der Aushöhlung unserer Privatsphäre nicht bewusst sind. Verglichen mit unseren intelligenten Geräten, die uns sanft zum nächsten Kauf, zum nächsten Saufgelage, zum nächsten Scrollen drängen, sind Orwells Fernsehmonitore Antiquitäten. Es geht nicht darum, dass Big Brother uns beobachtet, sondern darum, dass er das nicht muss. Wir sind unsere eigenen Großen Brüder, die uns und einander ständig überwachen, in einem fröhlichen Tanz des gegenseitigen Voyeurismus.

Was das Newspeak[14] betrifft, so hat das Jahr 2023 seine eigene Version. Sie heißt soziale Medien. Hier wird die Sprache sowohl als Waffe eingesetzt als auch trivialisiert. Wir twittern, wir posten, wir memen uns durch komplexe Themen und reduzieren nuancierte Debatten auf 280 Zeichen oder ein auffälliges Bild. Die Wahrheit wird dehnbar und hängt eher von Likes und Shares ab als von lästigen Fakten. In dieser schönen neuen Welt verbreiten sich Fehlinformationen schneller, als die Wahrheit sich durchsetzen kann, und die Realität ist nur ein weiterer Gesichtspunkt.

2023 ähnelt Orwells Ozeanien, von Konflikten und Misstrauen geprägt. Aber wer braucht schon einen ständigen Krieg, wenn man auch eine ständige Empörung hat? AM besten die Mischung von beidem. Die Gesellschaft ist in

---

[14] Neusprech (englisch Newspeak) heißt die sprachpolitisch umgestaltete Sprache in George Orwells dystopischem Roman 1984. Durch Sprachplanung sollen sprachliche Ausdrucksmöglichkeiten beschränkt und damit die Freiheit des Denkens aufgehoben werden. Neusprech. (2023, November 13). In Wikipedia. https://de.wikipedia.org/wiki/Neusprech

ideologische Echokammern zersplittert, in denen abweichende Stimmen von der Kakophonie der Gleichgesinnten übertönt werden. ***Es ist Stammesdenken auf Steroiden, bei dem jeder von seiner moralischen Überlegenheit und der Ignoranz der anderen überzeugt ist.*** Und vergessen wir nicht die Rolle der Technologie bei all dem. In "1984" war sie ein Werkzeug der Unterdrückung. Im Jahr 2023 ist sie das auch und eine Quelle der endlosen Ablenkung. Warum sollte man sich Gedanken über die Aushöhlung seiner Freiheiten machen, wenn es eine weitere Episode zu sehen, ein weiteres Spiel zu spielen oder eine weitere App herunterzuladen gibt?

Doch inmitten dieser Orwellschen Düsternis gibt es auch einen Hoffnungsschimmer. Im Gegensatz zu Winston Smith[15] haben wir den Kampf noch nicht verloren. Wir haben immer noch die Möglichkeit, unsere Bildschirme auszuschalten, uns mit der realen Welt zu beschäftigen, kritisch zu denken und gewissenhaft zu handeln. Die Ironie des Jahres 2023 besteht darin, dass die Werkzeuge

---

[15] Winston Smith, die Hauptfigur des Romans, ist ein 39 Jahre alter, ausgemergelter, gebrechlicher, grüblerischer und resignierter Mann, der an den von der Partei ausgegebenen Parolen und ihrem Führer, dem Großen Bruder, zweifelt.
1984 (Roman). (2023, November 16). In Wikipedia.
https://de.wikipedia.org/wiki/1984_(Roman)

unserer potenziellen Versklavung auch die Schlüssel zu unserer Befreiung sind. Die Frage ist nur, ob wir den Willen haben, sie zu nutzen.

2023 ist vielleicht nicht die Dystopie, die Orwell sich vorgestellt hat, aber es ist ein faszinierender Remix. Es ist "1984" mit einem digitalen Makeover, eine Welt, in der Big Brother ebenso sehr eine von uns geschaffene Kreation ist wie eine uns aufgezwungene Macht. Orwell hat uns gewarnt, aber wie es sich für Menschen gehört, haben wir das Handbuch gelesen und beschlossen zu improvisieren. Auf das Jahr 2023 - ein Jahr der Paradoxien, ein Zeugnis unseres Einfallsreichtums und unserer Torheit, ein Kapitel in der fortlaufenden Saga vom Kampf der Menschheit zwischen Freiheit und Kontrolle.

Prost, George, du lagst fast richtig 😉

DIE KOMFORTZONE IST DER LANGWEILIGSTE ORT IM UNIVERSUM

Die Komfortzone, die banale Festung der Mittelmäßigkeit. Sie ist die beigefarbene Tapete des großen Lebensentwurfs, der lauwarme Tee, der nie ganz belebt oder beleidigt. Im großen Spektrum menschlicher Erfahrungen ist die Komfortzone der Nullpunkt, an dem die Aufregung abflacht und das Abenteuer sich ängstlich zusammenrollt und leise vergeht.

In der Komfortzone sind Risiken so rar wie eine spannende Nebenhandlung in einem Telefonbuch. Es ist ein Ort, an dem "mutig" bedeutet, eine neue Zahnpastamarke zu wählen, und "Abenteuer", die milde Salsa statt das Original zu probieren.

Dies ist ein Bereich, in dem Vorhersehbarkeit herrscht und das Unerwartete höflich zur Tür hinausgeworfen wird. Warum sich im aufregenden Unbekannten sonnen, wenn man den ausgetretenen Pfad des absolut Vorhersehbaren beschreiten kann? Die Komfortzone ist wie ein nicht enden wollendes Karussell, das immer dasselbe

Lied spielt - anfangs ist es beruhigend, aber bald wird es zu einem monotonen Brummen im Hintergrund der Lebenssinfonie.

Hier wird Wachstum gehemmt; warum sollte man nach den Sternen greifen, wenn man im weichen, bequemen Sumpf der Selbstzufriedenheit verharren kann? Die Komfortzone ist der Erzfeind des Fortschritts, ein schwarzes Loch, in dem sich der Ehrgeiz früh zur Ruhe setzt. Hier macht es sich das Potenzial gemütlich, rollt sich mit einer Decke ein und beschließt, dass "gut genug" gut genug ist.

In der Komfortzone gibt es kein Scheitern, aber nur, weil es keinen Versuch gibt. Es ist ein Ort, an dem Träume verkleinert werden, damit sie in die engen Korridore der "realistischen Erwartungen" passen. Es ist das Gegenteil von Innovation - wo das "Bewährte" das "Neue und Aufregende" mit einer gut gemeinten Umarmung erstickt wird.

Die Komfortzone der langweiligste Ort im Universum, weil dort die Möglichkeiten auf das Fußgängertypische reduziert werden, wo die lebhaften Farben des Lebens zu einem trüben Grau der Monotonie verdünnt werden. Es ist ein Ort, an dem der Entdeckergeist eine strenge Standpauke erhält und dann ohne Abendessen zu Bett gebracht wird. In einem Universum, das vor Geheimnissen und Wundern nur so strotzt, bedeutet das ausschließliche Verweilen in der Komfortzone, dass man den uninspirierendsten, ereignislosesten und gähnendsten Weg durch den Kosmos wählt.

Der Weg, in diesem Fall, ist nicht das Ziel!

GERMAN ANGST

"German Angst", das berühmte Klischee, dass die Deutschen einen angeborenen Sinn für Sorgen und Pessimismus haben, vor allem in Bezug auf Dinge, über die die meisten Menschen kaum mit der Wimper zucken. Es ist, als hätten sie das Grübeln zu einem Nationalsport gemacht.

Irgendwo in Deutschland sitzt eine Person, die Augenbrauen in tiefe Sorgenfalten gelegt, und denkt über die existenziellen Risiken nach, die mit der Benutzung eines öffentlichen Kugelschreibers verbunden sind... "Was, wenn ihm mitten in der Unterschrift die Tinte ausgeht? Der Horror!" Währenddessen sagt der Rest der Welt: "Es ist nur ein Stift, Kumpel."

Und dann ist da noch die klassische deutsche Einstellung zu Regeln und Vorschriften. Es ist, als ob jede Regel ein heiliger Text ist, der nicht in Frage gestellt, sondern mit religiösem Eifer befolgt werden muss. "Bei Rot über die Straße gehen? Sind Sie verrückt geworden? Wir müssen auf Grün warten, auch wenn weit und breit kein Auto zu sehen ist. Das ist das Prinzip der Sache!" Und vergessen wir nicht, wie sehr sich die Deutschen über Versicherungen zu freuen scheinen. Wahrscheinlich haben sie eine Versicherung für ihre Versicherungspolicen. "Was ist, wenn meine Versicherungsgesellschaft pleitegeht? Dafür schließe ich lieber eine Versicherung ab."

Die Wettervorhersage ist ein weiteres hervorragendes Beispiel. Eine kleine Regenwahrscheinlichkeit, und es ist, als stünde die Apokalypse bevor. Raus mit den wetterfesten Jacken, den festen Stiefeln, dem akribisch gepackten Survival-Kit - nur um beim Bäcker um die Ecke ein Brot zu holen.

In der Welt der German Angst ist jede kleine Unannehmlichkeit eine potenzielle Katastrophe, und jede Entscheidung ist ein Schritt in ein Minenfeld von Was-wäre-wenns. Es ist, als würde man in einem spannenden Thriller leben, nur dass die Spannung darin besteht, ob die neue Kaffeemarke, die man ausprobiert, genauso gut sein wird wie der gewohnte Kaffee.

Diese kulturelle Eigenart hat auch ihre Vorteile. Erstens wäre da ... Fortsetzung folgt vielleicht in der zweiten Ausgabe 😉

Anstatt sich zu

bekämpfen,

sollte man öfters

versuchen

sich zu

ergänzen.

~

Murat Durmus

DIE PHILOSOPHIE HINTER DER FRAGE „WAS GUCKST DU?“

Die universelle Begrüßung der Verwirrung und der territorialen Erkundigung, die vornehmlich von unseren türkischen Freunden eloquent vorgetragen wird: "Was Guckst Du?" Diese Frage, eine charmante Mischung aus Neugierde und Konfrontation. Es ist die existenzielle Frage unserer Zeit. Sokrates mag gefragt haben: "Was ist Tugend?", aber in der heutigen Welt fragen wir: "Was Guckst Du?"

Im Großen und Ganzen ist diese Frage zutiefst philosophisch. Es ist, als hätte Heraklit selbst beschlossen, seine Betrachtungen über die Natur des Wandels gegen einen direkteren Ansatz für die menschliche Interaktion einzutauschen. Wenn jemand diese Frage stellt, stellt er nicht nur Ihren Blick in Frage, sondern auch das Wesen Ihrer Absicht und Ihrer Existenz in diesem Moment. ***Es ist eine Aufforderung zur Selbstreflexion, serviert mit einer Portion Aggression.***

Wenn sie sich das nächste Mal am Ende dieser zeitlosen Anfrage wiederfinden, nehmen sie sich einen Moment Zeit zum Nachdenken. Sehen Sie sich die Überreste des byzantinischen Reiches an, die Komplexität des menschlichen Daseins, oder bewundern Sie einfach nur die nächstgelegene Kebab-Bude. Die Antwort könnte der Schlüssel sein, um die Geheimnisse des Universums zu entschlüsseln oder zumindest ein unnötiges Handgemenge auf den Straßen in Deutschland zu vermeiden.

Ob Kaya Yanar meinen Ausführungen zustimmen würde?

DIE QUADRATUR DES KREISES ODER WARUM 1 + 1 NICHT GLEICH 3 IST!

Die Quadratur des Kreises, das großartige Bestreben, eine scheinbar unmögliche Aufgabe in einen Triumph menschlicher Hartnäckigkeit zu verwandeln. Es ist so, als würde man eine Katze dazu überreden, ein gemütliches Bad zu nehmen - theoretisch möglich, aber praktisch ein Rezept für eine Katastrophe. Das bringt uns zu dem reizvollen Problem, warum 1 + 1 nicht gleich 3 ist. Es ist eine Geschichte über mathematische Treue und die Weigerung des Universums, sich mit unseren skurrilen Vorstellungen zu beschäftigen.

Zahlen sind die Art und Weise, wie das Universum den Stand der Dinge festhält. Sie sind so verlässlich wie ein Sonnenaufgang, so unveränderlich wie die Sturheit eines Maultiers. Wenn man 1 und 1 addiert, ist die Erwartung einer Drei so, als würde man erwarten, dass das Wasser bergauf fließt, nur weil es eine schöne Abwechslung wäre. In seiner unendlichen Weisheit hat das Universum vor langer Zeit entschieden, dass 1 und 1 2 ergibt, und kein menschliches Zureden, Feilschen oder geistreiches Geplänkel kann daran etwas ändern.

Aber geben wir uns für einen Moment der Fantasie hin. Eine Welt, in der 1 + 1 gleich 3 ist. Auf den ersten Blick scheint es das Paradies für Mathematiker zu sein, der wahr gewordene Traum eines Buchhalters. Aber wenn Sie etwas tiefer eintauchen, werden Sie feststellen, dass es sich um eine verrückte Welt handelt. In dieser bizarren Welt wäre das Backen eines Kuchens ein Glücksspiel und das Abmessen von Zutaten eine Übung in kreativer Fiktion. Ein Haus zu bauen wäre ein waghalsiger Akt der Hoffnung gegenüber der Erfahrung, denn jede Messung wäre ein Glaubenssprung.

In der Philosophie wäre diese numerische Rebellion sogar noch explosiver. Die großen Denker würden verzweifelt die Hände in den Schoß legen. Plato würde seine Dialoge umschreiben und in Frage stellen, ob die Formen selbst nur ein Lachen sind. Descartes würde noch stärker an seiner Existenz zweifeln und sich fragen, ob nicht auch er die Summe drei bilden könnte.

Der Grund, warum 1 + 1 nicht gleich 3 ist, ist nicht nur eine mathematische Wahrheit, sondern auch eine philosophische Lebensweisheit. Das Universum sagt: "Seht, ich habe euch schwarze Löcher, Quantenmechanik und das Schnabeltier gegeben. Lasst uns die Dinge nicht weiter verkomplizieren." Es ist ein kosmischer Wink zur Einfachheit in einer Welt, die nur so vor Komplexität strotzt.

Wenn sie also das nächste Mal versucht sind, aus 1 + 1 gleich 3 zu machen, denken sie einfach daran: Das Universum hat genug Rätsel. Machen Sie sich die verlässliche, tröstliche Tatsache zu eigen, dass manche Dinge, wie die Summe von eins und eins, so zuverlässig sind wie die Schwerkraft, so unveränderlich wie der Lauf der Sterne. Schließlich brauchen wir in einer Welt, in der sich Katzen standhaft weigern zu baden, alle Gewissheit, die wir bekommen können.

MEIN KIND KANN JUDO, BEHERRSCHT ZWEI INSTRUMENTE, KANN PROGRAMMIEREN, HANDSTAND, RÜCKWÄRTSSALTO UND DIE ALLGEMEINE RELATIVITÄTSTHEORIE IN DREI SPRACHEN VORTRAGEN

Herzlichen Glückwunsch! Es scheint, dass sie nicht nur ein Kind großgezogen haben, sondern ein multitalentiertes, polyglottes, turnerisches, Judo schlagendes Mini-Einstein. Dieses Kind ist nicht nur Multitasking-fähig, sondern auch multiauffällig! Es ist die Art von Kind, die die Männer der Renaissance als unterdurchschnittlich erscheinen lässt und das Wort "Wunderkind" in "Hyperwunderwunderkind" übersetzt. Eine Art menschliches Schweizer Taschenmesser.

Verdammt nochmal, lasst das Kind ein Kind sein. Ja, ich weiß, das ist ein schockierendes, ja sogar ketzerisches Konzept. Mit einer Kompetenz, die die Lebensleistung der meisten Erwachsenen in den Schatten stellt, vergisst man leicht, dass Kinder manchmal einfach nur in der schlammverschmierten Herrlichkeit des Kindseins schwelgen müssen.

Stellen Sie sich nur einen Moment lang eine Welt vor, in der Ihr Kind nicht die nächste große App programmiert, nicht wie ein junger Olympionike flippt oder beiläufig die Feinheiten des Raum-Zeit-Kontinuums in drei Sprachen erklärt. Stattdessen tut es etwas völlig Unproduktives, das aber sehr wichtig ist - wie zum Beispiel eine Festung aus Kissen bauen oder Wolken anstarren, um zu sehen, welche Formen sie bilden. Das sind Dinge, die sich nicht unbedingt gut auf einer Bewerbung machen, die aber für die Seele von unschätzbarem Wert sind.

Kindern brauchen Raum, um sich selbst zu finden und zu entfalten. Ein Raum in der nur sie bestimmen was und wie ist. Ein Raum, in der die Naturgesetze Kopf stehen und es die Dinge gibt die sich schneller als das Licht fortbewegen können.

Denken sie daran, dass die Kindheit kein Wettlauf um die meisten Fähigkeiten, Sprachen oder sportlichen Leistungen ist. ***Es ist ein kleines Zeitfenster, um zu erforschen, zu träumen und unkonventionell zu sein.*** Eines Tages wird dieses Kind Ihnen vielleicht nicht nur für den Judounterricht oder die Programmierkurse danken, sondern ganz besonders auch für die Nachmittage, an denen es in Pfützen plantschte, die Abende, an denen es die Sterne betrachtete, und die Freiheit, einfach ein wunderbar, herrlich, unapologetisch neugieriges Kind zu sein.

Auf die Handstände und die Rückwärtssaltos, die Einstein-Rezitationen und die auf zwei Instrumenten gespielten Symphonien. Aber auch auf die aufgeschürften Knie, die imaginären Freunde und die faulen Nachmittage. Auch Mini-Einsteins brauchen Zeit und Raum, um einfach nur Kinder zu sein und über die Magie der Welt um sie herum staunen zu können.

Das Talent eines Kindes

zu erkennen ist nicht

sonderlich schwer.

Es zu akzeptieren,

für manche
hingegen

schon.

~

Murat Durmus

STELLEN SIE SICH VOR, ES GÄBE KEINE KRIEGE UND ALLE WÄREN NETT ZUEINANDER

Eine Welt, in der alle so nett sind wie ein Korb voller Kätzchen. Es ist ein Ort, an dem Schwerter zu Selfie-Sticks umfunktioniert und Panzer als überdimensionale Blumentöpfe verwendet werden. Dies ist eine Welt, in der die Abendnachrichten so wenig dramatisch sind, dass man nur eine Stunde lang Pandas auf einer Rutsche beobachten kann. Der Begriff "bewaffneter Konflikt" wäre eine ferne Erinnerung und würde nur noch dazu dienen, die intensiven Verhandlungen darüber zu beschreiben, wer das letzte Stück Pizza bekommt.

In dieser Utopie sind die Vereinten Nationen weniger ein Forum für globale Diplomatie als vielmehr ein Treffpunkt für den größten Buchclub der Welt, in dem am heftigsten darüber diskutiert wird, ob der Film tatsächlich besser war als das Buch. Hier werden Soldaten zu Baumpflanzern umgeschult, und Kampfjets werden zum Schreiben von Liebesgedichten am Himmel eingesetzt.

Das einzige "Wettrüsten" ist ein weltweiter Wettbewerb, wer die besten Umarmungen geben kann.

Der Aktienmarkt stürzt ab, weil der Absatz von Tarnkleidung einbricht. Hollywood hat zu kämpfen, da Actionfilme durch Filme ersetzt werden, in denen der größte Konflikt ein leicht überkochtes Soufflé ist. Und Spione, die nichts mehr auszuspionieren haben, verwandeln sich in Instagram-Influencer, die Geheimnisse über die beste Latte Art verraten.

Diese friedliche Welt ist ein Spiegel, der unsere Sehnsucht nach Harmonie inmitten des Chaos des Daseins reflektiert. Sie ist eine ergreifende Erinnerung an die Absurdität von Konflikten, eine Satire auf den Zustand des Menschen. Die Abwesenheit von Krieg unterstreicht die Kostbarkeit des Friedens und lässt uns darüber nachdenken, warum wir es jemals für eine gute Idee hielten, über Linien auf einer Landkarte zu streiten oder darüber, wessen unsichtbarer Freund mächtiger ist.

In einer Welt, in der alle immer nett sind, müssen wir uns vielleicht endlich unseren eigenen Schatten stellen, den inneren Kämpfen, die wir bisher ignoriert haben. In dieser heiteren Stille könnten wir das Flüstern unserer eigenen Seele hören, das uns auffordert, den inneren Frieden zu finden, so wie wir ihn auch außerhalb suchen.

In dieser imaginären Welt, in der der einzige "Krieg" der sanfte Kampf gegen unsere eigenen Unvollkommenheiten ist, finden wir eine tiefe Wahrheit - dass Frieden nicht nur die Abwesenheit von Konflikten ist, sondern die Gegenwart von Verständnis, Mitgefühl und der unnachgiebigen Güte des menschlichen Geistes.

WIE LANGE NOCH BIS ZUR SINGULARITÄT?

Die Vorhersage des Eintreffens der Singularität, eines Zeitpunkts, an dem das technologische Wachstum unkontrollierbar und unumkehrbar wird und zu unvorhersehbaren Veränderungen in der menschlichen Zivilisation führt, ist eine Aufgabe, die am Rande der Philosophie und des Futurismus tanzt. Ray Kurzweil[16], eine prominente Stimme auf diesem Gebiet, geht davon aus, dass dieses zentrale Ereignis um das Jahr 2045 eintreten könnte. Seine Prognose stützt sich auf das Gesetz des beschleunigten Ertrags, das besagt, dass der technologische Fortschritt, insbesondere in Bereichen wie der künstlichen Intelligenz, exponentiell zunimmt.

Um über diese Zeitachse philosophisch nachzudenken, muss man die Natur der technologischen Entwicklung

---

[16] Raymond „Ray" Kurzweil ist ein US-amerikanischer Autor, Erfinder, Futurist und Leiter der technischen Entwicklung bei Google LLC. Er gilt als Pionier der optischen Texterkennung, Sprachsynthese, Spracherkennung, Flachbettscannertechnologie und im Bereich elektronischer Musikinstrumente, insbesondere der Keyboards.
Raymond Kurzweil. (2023, June 10). In Wikipedia.
https://de.wikipedia.org/wiki/Raymond_Kurzweil

selbst betrachten. Technologie scheint, ähnlich wie ein lebender Organismus, einem Pfad des evolutionären Fortschritts zu folgen, der sich ständig anpasst, verbessert und immer komplexer wird. Kurzweils Vorhersage ist keine bloße Vermutung, sondern eine Extrapolation dieses kontinuierlichen exponentiellen Wachstums.

Das eigentliche Wesen der Singularität liegt jedoch in ihrer Unvorhersehbarkeit. Sie stellt einen Horizont dar, über den wir mit unserem derzeitigen Verständnis nicht hinausblicken können. Dies ist vergleichbar mit dem philosophischen Konzept des Erhabenen, das uns mit etwas konfrontiert, das wir nicht in vollem Umfang begreifen können, und dass ein Gefühl der Ehrfurcht und des Staunens hervorruft, gemischt mit einer unterschwelligen Furcht.

Die Singularität ist in diesem Zusammenhang nicht nur ein technologischer Meilenstein, sondern auch eine philosophische Schwelle. Sie stellt unser Verständnis davon in Frage, was es bedeutet, ein Mensch zu sein, die Natur des Bewusstseins und die Zukunft unserer Zivilisation. Während wir uns diesem Ereignishorizont nähern, werden unsere bestehenden Paradigmen - soziale, ethische und existenzielle - auf die Probe gestellt und höchstwahrscheinlich maßgeblich verändert.

Wenn Kurzweils Projektion zutrifft, sind wir vielleicht nur noch zwei Jahrzehnte davon entfernt. ***Doch in Wirklichkeit ist die Singularität mehr als nur ein Zeitpunkt. Sie ist ein Spiegel, der unsere kollektiven Hoffnungen und Ängste in Bezug auf die Zukunft widerspiegelt, ein Symbol für das unbekannte Potenzial des menschlichen Erfindungsreichtums und das anhaltende Geheimnis dessen, was jenseits der Grenzen unseres Verständnisses liegt.*** Unabhängig davon, ob es im Jahr 2045 eintrifft oder nicht, zwingt uns der Ansatz dazu, tief über den Verlauf unserer technologischen und philosophischen Reise nachzudenken.

Wir leben in sehr aufregenden und herausfordernden Zeiten.

Möge die ~~Macht~~ Liebe mit uns sein!

Meine Tage hier

auf Erden sind gezählt,

Deine auch.

Lass uns

von nun an respektieren.

Wir haben dabei

nichts zu verlieren.

~

Murat Durmus

Weitere Bücher des Autors:

21 Gramm Liebe

Gedichte, Gedanken und ein bisschen mehr...

(Mit zahlreichen Illustrationen)

***

„Kann jemand bitte

kurz die Welt anhalten?

Ich glaube,

ich habe etwas verloren!"

***

ISBN-13: 979-8362739249

RUMI - Tropfen der Erleuchtung

(Ausgewählte Zitate & Gedichte)

Entdecken Sie die Weisheit von Rumi, dem persischen Dichter aus dem 13. Jahrhundert, in "RUMI - Tropfen der Erleuchtung (Ausgewählte Zitate & Gedichte)". Tauchen Sie ein in seine wunderschönen und zum Nachdenken anregenden Verse, und lassen Sie sich von seinen Worten auf eine Reise der Selbstfindung und spirituellen Erleuchtung führen. Diese Sammlung der inspirierendsten Zitate und Gedichte von Rumi ist ein Muss für jeden, der nach innerem Frieden und einem tieferen Verständnis der Welt um uns herum sucht.

ISBN-13: 979-8390987735

25 Kognitive Verzerrungen, die jeder kennen sollte

Klappentext:

"Indem wir uns konstruktiv und kritisch mit kognitiven Verzerrungen auseinandersetzen, ebnen wir den Weg für eine fundiertere Entscheidungsfindung, fördern das Einfühlungsvermögen und kultivieren eine achtsamere Gesellschaft."

ISBN-13: 979-8853681804

Achtsame KI: Zitate und Betrachtungen über Künstliche Intelligenz

***

„Der Zweck der KI ist Einsicht, nicht Macht“

***

ISBN-13: 979 8857493786

Printed in Poland
by Amazon Fulfillment
Poland Sp. z o.o., Wrocław

34115361R00107